O —

editora Urutau

rua do cajú, 478,
jardim das cerejeiras
06724-015
cotia-sp (brasil)

avenida peirao besada, 6 – 2D
36163 poio-pontevedra
(espanha)

[+34] 644 951 354 [espanha]
[+55] 11 9 4859 2 426 [brasil]

www.editoraurutau.com.br
contato@editoraurutau.com.br

[EDITORES]
tiago fabris rendelli & wladimir vaz
[COORDENAÇÃO DE REVISÃO]
debora ribeiro rendelli
[REVISÃO]
marcella sarubi
[DIAGRAMAÇÃO]
victor h. azevedo
[CAPA]
victor h. azevedo, sobre fotografia de chuttersnap

dados internacionais de catalogação na publicação (CIP) de acordo com ISBD

ribeiro, tatiana
R484p principais achados na iminente morte de um pobre / tatiana ribeiro. — cotia : urutau, 2022. 136 p. ; 13cm x 19cm.

ISBN 978-65-5900-251-1

1. literatura brasileira. 2. prosa. I. título.

CDD 869.8992
2022-1239 CDU 821.134.3(81)

elaborado por odilio hilario moreira junior — CRB-8/9949

PRINCIPAIS ACHADOS NA IMINENTE MORTE DE UM POBRE

TATIANA RIBEIRO

[primeira edição]
URUTAU
junho de 2022

sumário

[prefácio]

Um navio no espaço ou toda astronauta também é uma escafandrista

Conheci Tatiana Ribeiro em uma mesa de debate sobre mulheres protagonistas. Desde o primeiro momento, seu silêncio medusal mesclado a uma presença física magnética me fez pousar os olhos sobre a sua figura. A primeira palavra que me ocorreu foi "autenticidade", algo que eu comprovo cada vez que a leio ou escuto. Além de "incomodamente fascinante". Naquele dia, durante sua fala, percebi que ela era grande demais para todos os espaços onde vinha atuando. Foi uma sensação intuitiva. Ela me pareceu profunda como uma fossa abissal e bela como um desses animais que vivem em lugares sem luz, gerando a própria energia para enxergar no escuro. A comparei com a deusa hindu Matangi, a deusa da poesia falada e da poluição. Cheguei a comentar com ela, depois me censurei ao refletir sobre como aquilo poderia ser mal interpretado. Afinal, era uma impressão sincera de sua potência. Por sorte, ela se identificou após pesquisar sobre a tal deusa. Pouco tempo depois, estava inscrita no Núcleo de Dramaturgia da Escola de Teatro de Santo André, que eu orientava na época. Ali, a conheci um pouco mais de perto. Tatiana escreve dançando. Sua escrita é um bisturi afiado girando no ar, que ao pousar na carne dura da condição humana expõe as camadas mais profundas e nefastas de uma sociedade adoecida por um positivismo tóxico, fruto de uma profunda falta de empatia e conexão entre as pessoas. Neste sentido, este livro que você acaba de ver, tocar é uma espécie de antídoto poético contra esta barbárie que vem nos roubando o direito de sentir tristeza, de ficar imóvel, de silenciar, de contemplar algo sem pensar em como transformar a experiência em uma coisa produtiva, concreta. Há muita lucidez neste livro, o que o faz soar insano. Há muito do "caminho do meio" ensinado pelo taoísmo e me refiro especificamente aos poderosos conceitos de não ação, serenidade, vazio, simplicidade, moderação de desejos, espontaneidade. E digo isso porque li o Tao the Ching e saí dele com a mesma sensação que me toma agora. Neste livro que você acaba de ver, tocar há um convite para uma viagem de despertar sem soluções fáceis. É o oposto da jornada de uma heroína. Essa personagem, que representa muitas, já não está aqui, porque ela nunca pertenceu a este mundo, nunca se integrou a ele. É de uma beleza lancinante que te faz abrir os olhos para dentro, de pálpebras fechadas, rasgando as próprias vísceras no lugar de encontrar culpados para a nossa tragédia moderna. Talvez sejamos como uma "organizadora de espaços" caótica, como a personagem que se apresenta exatamente neste livro que você acabou de ver, tocar. Leia-o. É desconcertante e vital. Me faz pensar na frase de Ana Cristina César, que há anos me rouba momentos de reflexão: "É muito difícil ancorar um navio no espaço". A poética de Tatiana é assim. Além de tudo é mordaz, mestra na arte de escrever com humor. Logo você se pega rindo da própria tragédia, mas isso não lhe impede de passar muito tempo refletindo sobre uma frase. Algo como ler "No vazio o espaço fica flutuante". Como ler isso, incólume? Há muitas frases perturbadoras neste livro que você acaba de ver, tocar. Frases pulsões, vivas, que pedem para ganhar voz, virar imagem. Estou falando de uma literatura que pulsa e se multiplica. Quer ser filme, foto, pintura, música, quer demolir o mundo pretensamente organizado que nos encaixota para nos permitir alguma experiência muito perto de algo que a gente aprendeu a chamar de liberdade, mas raramente vive. Trata-se de um gesto que talvez gere fagulha no nosso ser anestesiado: É, ler este livro. Você, que assim como eu, deve estar também com exaustão de imagens e palavras mortas. Você, que assim como eu, acaba de ver, tocar neste livro. É um caminho sem volta. Sinto que só posso ir adiante e não consigo mover um músculo do meu corpo, tão dentro de mim e tão deslocada do mundo me sinto após ler este livro. Aliás, é um alívio poder afirmar isto. É bom poder jogar fora tudo o que tenta mascarar a nossa anestesia espiritual, nossa tristeza. De repente, lembro de "Send in the clowns", na voz de Sarah Vaughan, que sempre me convocou a um estado contemplativo (infernal, devo confessar). Aliás, não existe paz em lugar algum. Essa é a maior mentira já contada. Essa música sempre me revelou isso. A poesia de Ana Cristina César também.

E agora este livro que você acaba de ver, tocar. Não deixe a dúvida consumi-lo. Já que perdemos o direito de conviver com qualquer incerteza, afundados estamos em um mundo tão cheio de opiniões e certezas públicas, tome este livro para si e deixe que ele o guie para dentro de você, no centro do seu caos. E quando falo "você" não me refiro ao "você" que habita as redes sociais, os almoços em família, os encontros vazios com pessoas especialistas em aplicativos de encontros, as reuniões online do seu trabalho, as horas gastas em conquistar um corpo dentro de um determinado padrão... Falo do "você" na solidão de um final de tarde de domingo, aquele fatídico dia, o sétimo dia em que você se dá conta de que está vivendo uma espécie de "dia da marmota", o tal do filme que narra a história de um homem que vive o mesmo dia indefinidamente. Aliás, "você" não, nós. Também estou neste tentando ancorar meu navio no espaço. Deixemos que este livro que nós acabamos de ver, pegar toque na imensidão do nosso mais profundo vazio. E ainda assim com alguma alegria por estarmos vivos e sermos seres leitores.

Vamos?

Dione Carlos

Dramaturga, atriz e roteirista

I.

Não se vai ao mundo de outrem impunemente.
ELIANE BRUM

Principais achados na iminente morte de um desvalido

O prato cheio para um grande observador pode estar vazio. De matéria. De objetos. De móveis. De roupas. De produtos. Válidos ou vencidos. De sacolas. De documentos. De fios. De carregadores. De bolsas. De louças. De dentro das louças. De tanto excesso, o prato cheio pode se tornar vazio. Organizar o vazio é impossível. E nenhum deles sabe. Sabiam.

No vazio, o excesso fica flutuante. É até gostoso de ver, de fora. Fica espaço sem gravidade. Você fica flutuando neste espaço. Com o mínimo esforço, você alcança qualquer coisa. Você empurra qualquer coisa com a força usada para levantar um fio de cabelo.

O prato cheio de um grande observador é a relação do outro com o excesso de vazio. É a relação que define a matéria. Os valores monetários importam? Nota-se que não importam. Os valores são simbólicos, cheios de excessos sem sentido. Os excessos sem sentido são seus símbolos. São sentidos no segredo. Não se explicam, não se divulgam, apenas se agarra como num abraço pós-confinamento de desejos. É o silêncio de um olhar desamparado procurando sentido. É apego desamparado a algo que resta todo espremido, já seco, de um lugar dos anos luz. Acredita-se poder pegar os sentidos vividos. Mas eles não são sólidos. Nenhum deles sabe. Sabiam.

No vazio entulhado o excesso é ar. É a falta do ar. É acúmulo tentando encaixe. Ele espreme os pulmões, mas alivia o seu corpo em desistência. Curva-se e estanca. Você flutua estacado.

O prato cheio de um grande observador é qualquer coisa autenticamente morta à espera de um milagre do olhar de fora. A coisa está morta e espera que o observador faça vista grossa e arquitete este milagre. Orquestre este milagre. Planeje este milagre. Organizo casas; e não, vidas. Organizo efemeramente sua casa. E ludibrio sua vida. Organizo a sua falta de olhar sentido. E ludibrio minhas horas.

Apresento a vocês a aurora boreal como horizonte. Vocês a veem. Encontram e organizam todo o sentido da vida vendo a Terra fora da Terra. Eu lhes ofereço a aurora boreal. Vocês esperam a Terra girar e a avistam. Vocês encontram sentido no que lhes ofereço. E aterrissam. No lar. Mas o caminho de volta é destino desértico.

É sem sentido organizar. Não se acumula organização. Não é experiência. Precisei mentir para acumular minutos vazios nas minhas horas. O excesso de vocês me esvaziava. Usei o vazio de vocês. Uso o vazio de vocês. E ele não tem valor algum para mim.

Mise en place

A areia era dura, bem cinza chumbo. Inteira cor de molhada, desde o fim da calçada até o mar. Bem cinza chumbo e concreta de dura. Ela nunca via a água do mar tocar a calçada. Pensava que a água devia chegar à noite, escondida do mundo acordado, e nunca dava tempo de secar durante o dia. Porque apesar de ser uma praia de viagens de verão, não se lembra de ter visto por lá o sol, um único dia.

O quarto do apartamento alugado que ela ficou naquele verão devia ser a... Ela não sabia quais eram os pontos cardeais onde não nasciam o sol. E era em um desses pontos que a janela desse quarto dava. Até hoje ela não sabe nada sobre essas subdivisões cardeais e colaterais. Mais tarde chegou a pensar ter faltado a essa aula, como aconteceu com a aula de divisão. Nunca soube dividir, principalmente operações que tinham vírgula. Era sempre angustiante, já na vida adulta, quando precisava fazer a divisão de contas em restaurantes, ou das despesas finais da casa em uma viagem de amigos. Desistiu de aprender, e só pensava nisso quando a situação surgia. Será que eu preciso aprender isso agora? E junto à lembrança das crianças com a cara nos cadernos fazendo divisões, aprendidas na aula que esteve ausente, vinham imagens e sensações de uma criança impecável na escola, sentada toda ereta, tentando manter uma dignidade sobrevivente, que fazia todas as lições e entregava todos os trabalhos, com uniforme sempre novo e limpo, com o cabelo sempre muito bem penteado — diziam não ser um cabelo bom e, portanto, era necessário muito empenho da mãe para mantê-lo apresentável — e o silêncio de um olhar que temia possíveis humilhações. Ela sabia as implicações de tudo que via e sentia. Mas, desde muito pequenininha, ficava confusa com as palavras de sua tia dirigidas a ela. Quando a tia passava roupas, ficava ao seu lado, ouvindo suas histórias, suas músicas e suas percepções aleatórias sobre ela, que mesmo sem entender, soavam agradáveis. Você tem olhos de cigana, oblíquos e dissimulados, ela me dizia.

Já na época não parecia algo indicativo de fragilidade e, adulta, entendendo a referência à obra de Machado de Assis, teve a certeza que de estava certa. Era força. Sendo assim, sentia que o mundo não conseguia ver o horror que algumas de suas horas carregavam. Para apaziguar parte desses horrores, passou a usar a calculadora do celular para as divisões. Os adultos fazem isso, ter e usar aparelhos eletrônicos é mais estimado e confiável que aprendizados da infância. E em relação aos pontos cardeais, em certo momento da vida, passou a contar, a ela mesma, que aquela janela, daquele quarto na praia, estava ao sul de um outro bloco de prédio. Achava que definia tudo na sua cabeça, mas não chegava a comentar isso com ninguém. Quando narrava a história a si mesma, sentia maior credibilidade, como se de fato tudo se encaixasse e nada tivesse sido inventado ou interpretado à sua maneira, mas, sim, corroborado cientificamente. Acreditava na ciência acima de tudo.

No quarto não entrava quantidade de luz considerável um único minuto do dia. E a cama era beliche, e camas beliche estão sempre em ambientes escuros quando esses são provisórios. Em sua vida teve muitas experiências com beliches, portanto poderia, sim, afirmar que os beliches efêmeros estão predestinados aos ambientes mal iluminados. Essas camas estão continuamente encostadas numa parede que espacialmente e, muitas vezes, harmonicamente, não as comportam. Naquele quarto cabia apenas um único beliche. Mas, um beliche nunca está sozinho nesses quartos de verão, sempre está acompanhada de um ou mais beliches. No quarto dessa precisa viagem de verão, uma dessas camas ficava encostada na janela. Beliches, em suas formas, têm espaços de respiros, entre as camas de baixo e de cima. E, neste quarto, deixaram a cama ali, com uma janela entre seus vãos. Mas a janela não se emoldurava perfeitamente neste vazio entre as camas de cima e de baixo. Os proprietários do apê de férias acreditavam que tudo certo deixá-la ali, mal-ajambrada, nada simétrica ao espaço, sufocando a única entrada de ar do ambiente. A outra cama beliche ficava em frente a porta. Dizem que energeticamente não é o lugar ideal.

Tinha apenas dez anos, mas já sentia que não era aconselhável se encostar em nada que não fosse o lençol ou o travesseiro quando se tratava de um beliche em casa alugada. Neles você precisa até economizar o ar que respira. Não se sabe o cheiro que guardam quando se está embaixo, ou mesmo em cima. Deixe para respirar pelo nariz somente quando estiver dormindo e não puder controlar a sobrevivência. Dormia petrificada. Uma casa alugada de verão já teve em si o cheiro de muitos que procuravam o verão, mesmo que sem sol. Se você se deita embaixo, você pode ver insetos nos estrados da cama em cima, vivos ou mortos. Eles podem pousar em você, vivos. Eles podem cair em você, mortos. Se você dorme em cima, você pode ser o inseto que mata quem está embaixo. Ela sempre escolhia a cama de cima.

Ela chegou no quarto do apartamento alugado naquela temporada e, como sempre, escolheu a parte que usaria do guarda-roupas, a cama e começou a organizar tudo para as próximas duas semanas que estaria ali. O irmão mais velho e o mais novo dividiriam o mesmo quarto. Depois de feita a acomodação estava certa de que iria à praia cinza. Estava agitada e a mãe irritada:

— Só vai quando estiver tudo arrumado.

Levou então a mãe ao quarto e mostrou tudo como estava. O humor da mãe mudou de uma hora para outra:

— Ai, que linda.

E na sequência, contou a história de sempre:

— Quando você tinha cinco aninhos, eu estava lavando a louça do jantar e você chegou na cozinha com uma camisolinha amarela que você tinha, linda. Prontinha pra dormir: "Mamãe, vem ver o que eu fiz". Cheguei no seu quarto e você tinha arrumado todas as gavetas e disse: "Arrumei de um jeito melhor pra mim".

A mãe, mesmo depois deste frame de doçura e admiração pela condição exemplar da filha, disse:

— Mas agora não dá pra ir a lugar nenhum. Amanhã cedo a gente vai à praia. Já está tarde e vai chover daqui a pouco.

A mãe dela teria algo mais próximo do que almejava para as férias — descanso, silêncio — se tivesse deixado as crianças irem à praia. Ansiosos, zanzavam pela casa, inventando o que fazer. À noite se aquietaram no quarto. O mais novo já dormia isolado em uma das camas beliche enquanto ela lia já acomodada na sua cama escolhida, e o mais velho na cama embaixo da dela. O mais velho não havia pousado apenas na cama. Estava eufórico ainda. Lendo gibis, de quando em quando, se levantava e, interpretando a leitura, fazia movimentos bélicos, sons de bombas e lutas corporais com a boca. Ela estava sentada na cama, encostada na parede, lendo revistas de fofocas dos anos 80. Além da falta de luz natural incidente durante o dia no quarto, a lâmpada era bem fraca. Em sua lembrança, o cenário completava a sensação melancólica e dramática que a acompanhariam naquele verão, que se iniciaria com uma descoberta nessa mesma noite. Minutos antes da descoberta, lia, atenta à matéria da garotinha, atriz do filme E.T. Era uma menina de treze anos, alcoólatra. Começou a beber aos nove, aos dez, fumava maconha e, aos doze anos, cheirava cocaína. De tão impressionada que estava, nem se atenta mais aos excessos de movimentação do irmão, que a irritavam imensamente. A introspecção na leitura a fez se livrar da imagem da cama em cima, onde ela estava, caindo sobre seu irmão. Tinha esse pensamento fixo quando usava camas beliche. Ficava até aliviada quando ele se levantava para fazer aqueles gestos tão masculinos e agressivos. E foi num destes gestos que lhe veio a centelha. Em uma das batalhas imaginárias, o irmão arremessou o gibi em sua direção. A quina dura do gibi acertou bem no mamilo esquerdo. A dor foi lancinante. Não teve nem tempo de se irritar, porque, sem controle algum, veio um diagnóstico preciso para aquela dor: Era câncer. Sentia ser um caso raro deste tipo de câncer em crianças. Tinha certeza de que era. Era câncer de mama. Sentiu o caroço. Ela teve que conviver com essa doença por meses, sozinha. Ela, toque. Ela, diagnóstico. Ela, tratamento. Ela tendo que tirar a mama, que ainda nem tinha. Ela, vergonha. Ela, exame de toque todas as vezes que tomava banho. Ela evitando os trajes de banho, evitando roupas justas, para esconder a doença. Por não ter conseguido falar nada, xingar ou gritar com o irmão, ele ficou desesperado pedindo desculpas, sentindo que algo estranho acontecia ali. A única coisa que ela conseguiu dizer depois de segundos foi:

— Vou dormir.

Largou a revista fechada no pé da cama, se cobriu e virou para a parede. Demorou horas para cair no sono. Repassou todas as informações que já ouvira sobre este tipo de câncer. Tudo indicava que era impossível uma criança ter esse diagnóstico. Porém, recordava todos os infinitos casos raros que existiam no mundo. Muitos casos raros. Assistia ao quadro de um programa que passava aos domingos na TV, *Isso é Incrível!*. Histórias surpreendentes, raríssimas. Era possível. Era ela uma dessas protagonistas trágicas a partir daquele momento. Drew Barrymore, desde os nove anos, alcoólatra. Ela nem sabia a gravidade real desta notícia, mas já sentia o que se configurava catástrofe. Era câncer de mama. Quando estava quase caindo no sono, veio a imagem de um disco azul-claro contornado de um disco azul-escuro. Era a estampa das camisetas da campanha de prevenção ao câncer de mama. Repassou todo o programa que havia assistido sobre o tema, com várias atrizes usando essa camiseta. Lembrou-se de uma fala sobre a idade que se precisaria começar a fazer os exames preventivos, de toque, no banho. Ela estava muito longe da idade indicada. E, mesmo assim, sabia que o seu caso era incrível.

Acordou antes da doença e foi direto olhar pela janela presa entre as camas, verificar se o dia estava bom para praia. Cinza, sem chuva. Praia! Quando entrou no banheiro para tomar banho e se arrumar antes do café da manhã, olhou no espelho e se lembrou de sua condição enferma. Desesperou-se ao pensar que teria que tirar seu pijama e entrar em contato com o corpo doente, passar a mão em seus seios doentes durante o banho. Fez tudo muito rápido, com a cabeça sem saber como organizar os próximos passos. Nunca conseguiria dividir sua angústia com ninguém. Não entendia direito, mas não se sentia mais uma criança, sabia que não era mais uma criança. Ela agora tinha uma doença num órgão que só os adultos têm. Ela tinha uma doença da qual só os adultos podem morrer.

Neste dia não conseguiu se livrar da praia, do maiô que marcava seu corpo de criança, que só ela sabia já ser adulto. Foi à praia com a mãe e os irmãos. Brincou amuada, distante e, quando não suportava mais a angústia da ciência de seus dias contados, disse à mãe que estava com dor de estômago e queria ir embora. Hoje ela sabe que nunca sofreu de gastrite. Mas foi o que aprendeu a dizer como meio de desaparecer de um lugar. Hoje ela reconhece como desde pequena lançamos mão de meios que nos protegem até de nossas próprias invenções, mesmo que essas invencionices, baseadas em tudo aquilo que privamos de nos assumir, mais tarde nos encham de culpa. Como não existia possibilidade de ela abrir o diagnóstico para ninguém da família, precisava encontrar formas de, ao menos, escondê-lo. Aproveitou que a mãe disse no jantar que iria fazer um pudim no dia seguinte e se prontificou:

— Deixa que eu faço! Quero aprender a fazer doces.

E seguiu todos os seus dias de férias na praia querendo aprender a fazer cada dia um doce. O que era uma surpresa deliciosa, quando anunciado o desejo culinário, se transformou em cansaço e servidão da mãe desde o primeiro dia. A menina queria todos os dias um doce diferente. Todos os dias, à noite, decidia qual doce faria no dia seguinte e, de manhã, começava a pressão para ir ao mercado comprar os ingredientes. Pudim de leite, pudim de pão, pavê de sonho de valsa, torta de limão, torta de doce de leite, bolo de banana, bolo prestígio, manjar, sorvete, brigadeiro, pé de moleque... A produção toda era impecável, da preparação ao produto final. A cozinha passou a ser milimetricamente organizada, mais equipada, pois a necessidade que sentia de utensílios também entrou nas listas de compras de todas as manhãs.

Assim nascia uma personagem à sua imagem e semelhança, obcecada, que não ligava para mais nada — inclusive ir à praia — que não fosse cozinhar. Assim se presenciava os primeiros passos desta personagem tão mundana que engole sua vergonha ludibriando o mundo ao dar bem-estar e *mise en place* a ele. Assim nascia uma personagem carregada de culpa por ações que nem se lembrava de ter cometido, que se coloca diante de si mesma, envergonhada por, ao se ver, ter se tornado precocemente uma adulta. Estava doente, aquilo era crescer.

O câncer estava nos dois seios, a cada dia maiores e evidentes. Ele virou dois peitos de mulher adulta. Eles não a matariam, mas entendia a necessidade de serem escondidos para a própria proteção. Foi uma pré-adolescente excêntrica e engraçadinha que não tirava o maiô de banho. Não atravessando a ponte da fantasia para a realidade, os adultos diziam: "Ela quer ser nadadora!"

Um dia o irmão mais velho atolou a mão em sua bunda quando brincavam de enterrar os corpos na areia cinza chumbo da praia. Ela o xingou. Ele disse que seus amigos em comum faziam isso com ela e perguntou por que ele não poderia fazer também. Ela não soube e nem conseguiu responder qualquer malcriação monossilábica sequer. Voltou para debaixo do guarda-sol e sentou-se ao lado da mãe que fazia palavras cruzadas. Pegou sua cruzadinha também na bolsa. Em seu campo de visão, um casal de jovens se beijava. Às vezes a moça se esquivava de alguma aproximação maior dele. Mas fazia isso em riso, um riso quase incomodado talvez, com um charme aprendido para não incomodar ou escancarar abusos. Pensou "Eu sou uma mulher". E por fim concluiu "Todos os homens são porcos". Deu risada dessa última conclusão, soltou o livro de cruzadas e correu sozinha pro mar.

Regolito

A poeira lunar flutua sobre a superfície do satélite, abraçada a qualquer objeto. Os trajes espaciais são escovados repetidas vezes, mas, ao entrar na cabine, após uma boa caminhada sob as crateras, sempre resta algo daquela poeira estranha com cheiro de pólvora.

***

O caminho até lá era sem horizonte mesmo. Eram ruas pequenas, estreitas. Não povoadas por pedestres. Seguras, quando se andava de dia. À noite havia apenas a segurança dos guardas em suas guaritas. Ruas desertas de gente e povoadas de dinheiro podem matar mulheres menores que gente, sem dinheiro. Ruas reservadas. Reservadas por séculos de segredos.

A casa. Pode-se dizer pé-direito...? Deve poder. Era muito alto. Tinha a impressão de avistar o céu. Tinha a impressão de nem ter pé-direito, teto. Mas vou falar do piano. Tinha um piano de cauda e uma escada suspensa. A escada dava para os quartos. Tudo era visto do andar de baixo. Tudo. A sala de estar, a cozinha, a sala de jantar, o jardim, a casa de bonecas das filhas. Duas filhas brancas. Você entrava pela porta principal e tudo estava lá, posto. Bem claro. Com paredes de vidro. Tudo exposto. Não havia segredos de espaços. Tudo estava dado. E branco e metálico. Tinha um piano. Ela tocava às vezes. Os maus sentem.

O pedido inicial era o quarto, mais precisamente o closet:

— Tenho muita coisa, algumas até com etiquetas ainda, e não sei o que fazer.

Em seguida, deveria ser organizado o espaço na garagem para os materiais dela de produção. Ela era produtora e tinha muito material de festa infantil. Ela era branca. Muitas fadas. Uma graça. Tinha um marido branco. Estrelinhas. Uma graça. Saias de tule.

Com a total falta de energia de alguém que vive na suspensão de um pé-direito que dava para o céu, ela me mostrou toda a casa e a demanda (é assim que dizem, demanda). Existe uma dificuldade em mim de usar estes termos de venda de um serviço. Vendo um serviço, mas gostaria que a venda fosse invisível e muda. Como as pessoas escravizadas deveriam ser para não correr o risco de praticar algum deslize e morrer por isso. Funcionais na invisibilidade e no silêncio. Além do closet e dos artigos de festa, sala, cozinha, brinquedoteca e umas gavetas aí que poderiam ser encontradas no meio do caminho foram adicionadas no pacote de organização. Ela guiava, andando pela casa, à frente, sem me olhar, apontando algumas novas demandas:

— Este móvel, seria interessante dar uma olhada... aqui embaixo da escada tem umas coisas... Aqui... ali, pode dar uma olhada...

Era tudo muito simples de arrumar. Era tudo novo. Sem história, sem triagem aparente do que se deve esconder de um passado de lixo. Ali nada envelhecia porque era descartado na primeira aparente falha. Sem triagem, meu contato com ela foi apenas no primeiro dia, quando me mostrou a casa e, no sexto dia, quando me entregou o valor pelo trabalho realizado em dinheiro, sem envelope, na minha mão suja.

***

Ao tirar as luvas e capacetes, os doze astronautas das seis missões Apollo (1969-1972) tiveram a oportunidade de senti-la, cheirá-la e até prová-la. Tem gosto e cheio de pólvora.

***

Tinha gosto e cheiro de Casa Grande.

Vamos pensar no tudo novo. Para uma profissional da organização, objetos funcionando, limpos, com utilidade real são a única visão capaz de transportá-la ao total esquecimento da condição humana de destruição natural histórica. De tudo. De todos. Seria. Até talvez aprofundar-se naquele closet. Quarenta por cento das roupas com etiquetas. Existem situações que me fazem compreender a fundo, corroborar, por meio de experiência empírica, o vazio desesperançoso. Uma delas, a frase: "Nossa, nem lembrava que tinha comprado...".

Em um dos dois dias de contato que tivemos, no primeiro, pude ouvir esta frase uma vez, verbalmente — saiu o som da boca dela, ouvi — e pude também "ouvir" pelo toque em uma saia ou calça, ou sutiã, seguido de uma levantada surpresa de sobrancelha.

Ele, o marido e pai branco. Tinha um espaço no closet. Mínimo. Não aponto erro no que lhe cabia. O espaço que eles ocupam já sufoca demais quem está em volta.

Ele às vezes fazia reuniões em casa, por telefone, ou recebia visitas. No período em que estive na casa, presenciei alguns cinco minutos de contato com as filhas. Ia até colocar dez minutos, inicialmente, mas estaria sendo desonesta. Não deve ter chegado a cinco minutos. Aquele tipo de afeto físico que faz as crianças rirem de cócegas e diante do perigo excitante de serem colocadas de ponta-cabeça acima do solo. Gestos que as fazem rir, um riso consciente (não se iludam, pais maravilhosos) do protocolo paternal de desconhecimento das necessidades emocionais dos próprios filhos. Eles vão te dizer isso quando crescerem. Cinco minutos para ludibriar a quem só resta ser ludibriado. Eles mesmos. Cinco minutos. Acho que nem isso. Foi uma passagem. Pelo corredor. Dois minutos. Uma pequena ordem ou pergunta sobre tarefas de casa. Fez sua parte. Ofereceu um café ao moço que veio compartilhar alguma questão do trabalho e, enquanto eu passava, me perguntou:

— Onde você colocou minha mala de viagem?

Ele iria viajar a trabalho.

A família era essa. A mãe, o pai, as duas filhas, sete e quatro anos. Brancos. Tudo estava dado. Em segredo baldio.

***

Cheira como se alguém tivesse disparado uma espingarda aqui dentro. Todos os astronautas da Apollo estavam familiarizados com o manuseio de armas.

***

A família tinha duas criadas, "as meninas que me ajudam lá em casa" (como descrevem atualmente as mulheres que trabalhavam dentro da Casa Grande e dormem na Senzala Pequena). A empregada que fazia tudo — tudo mesmo — dentro daquela casa de pé-direito incalculável. Já a babá era muda. Fiz parte dessa equipe nestes oito dias, como uma espécie de escrava de ganho. Eu entrava e saía.

A faz-tudo abria a porta para mim, todo dia. Eu entrava, encontrava a alma da sinhazinha descendo as escadas e pegando sua bicicleta elétrica de marca (era da marca de uma loja de roupas de grife que eu nem sabia que tinha parceria com indústria de automóveis) para ir ao yoga. Ficava apreensiva em vê-la naquela bicicleta. Parecia não saber manobrar aquilo e pela falta de desenvoltura que saía da garagem, acho que a aula deveria ser na esquina mesmo.

Havia dois cachorros. Claro, eles moravam na garagem, por isso só lembrei agora. Dois cachorrinhos bem pequenininhos, com latidos estridentes, dormiam, comiam e brincavam na garagem. Mas é a única coisa que posso falar sobre eles. Tem algo que posso falar sobre mim em relação a eles. Ficava incomodada na presença deles. Tem algo em mim que me torna uma escrava livre de pele clara no século XIX. Nos sentimentos, não nas ações. Não externalizo. Só sinto. Eu me incomodava com os cães. Gosto de animais, meu programa predileto é documentário da vida animal. Tenho um pet. Eu me incomodava com os cachorrinhos estridentes. Eram submissos. Me perseguiam, me olhavam nos olhos, eram como animais em cativeiro. Eram invisíveis. As crianças já os tratavam como o pai e a mãe as tratavam. Passavam por eles, davam aquele "oi", com voz de bebezinho, e saiam fora. Eu tinha raiva desses serezinhos oprimidos. E em meu privado, fechava a cara para eles, odiava o cheiro deles, onde mijavam, como me olhavam carentes e irracionais. Amo cachorros. A gente ama gente, diversas. No discurso, nos encantamos e até defendemos mais os descamisados. Mas é o poder que fascina. O poder do outro ou o poder que você tem sobre o outro. Eu, escrava de pele clara, nutria, em sentimento, minha carta de escrava livre pelas casas e ruas e poderia ingenuamente sentir meu poder em relação aos oprimidos de cabeça baixa, aos pedintes. Sabia manter um semblante silencioso também. Altivo. Cheio de segredos da dor da cor. A coragem em ter poder não chegava às "meninas que me ajudam lá em casa", àquelas moças que sempre são citadas pela dona com uma revirada de olho por não saberem colocar as meias na gaveta do jeitinho que elas gostam. Outra coisa que me faz ficar estancada, quando as donas falam em voz baixa, como se as moças fossem crianças em idade de não compreensão de muitas ideias do mundo e de falta de coordenação motora. Falam bem baixinho às visitas, se gabando de poder e modéstia: "A moça que ajuda aqui em casa (viradinha de olho e pausa), ela não entende, não adianta falar (risos)".

A minha coragem em ter poder não era colocada em prática com as meninas que me ajudam lá em casa". Ou eram. Mas na linha da ajuda, de se juntar, de se aliar, falando mal da patroa. Nesse caso, com "a menina que me ajuda lá em casa" que faz tudo. Não com a babá muda, morta de ataque cardíaco.

A babá. A babá era um corpo. Um corpo lá para apontar que a criança talvez tenha caído e precisa ser levada para o hospital. A babá era um boneco do qual as crianças já haviam se cansado, porque ele não era eletrônico e também porque não se pratica mais colocá-la de quatro para ser montada. Era um boneco de pano que não andava, não falava, não fazia xixi. Não fazia nada. Nem a cara tinha mais graça de maquiar. Estavam cansadas dela. A babá ficava lá num canto e as crianças num outro. Cada uma brincando com seu amigo imaginário. Era uma casa onde as pessoas conversavam com elas mesmas. Parecia mais agradável inventar seu próprio amigo. Todos tão jovens e já cansados e desistentes da existência. O que eles imaginavam não dava para saber. Porque imaginavam no silêncio. A babá estudava pedagogia. Só ela deveria saber o motivo desse estudo. Seria uma acadêmica? Praticando o ofício de babá, não conseguia identificar nenhum tipo de afinidade com a profissão. Teria intenções acadêmicas? Não sei como soube que ela fazia pedagogia, porque não me lembro dela notar minha presença nos dias que estive lá.

A família era essa. A mãe, o pai, as duas filhas, sete e quatro anos. Brancos. Uma menina que ajuda lá em casa preta, uma babá preta, morta. Dois cachorros invisíveis.

Em todos esses dias não ocorreu nenhum grande acontecimento na casa. Estava tudo em silêncio, em segredo. Não sei se a mãe branca aceitou minha visão de organização. Tentei direcioná-la no último dia para depois não ficar recebendo mensagens de "Bom dia, você viu o sutiã desta calcinha?" (foto adicionada na mensagem) ou "Boa tarde, tinha um anelzinho como este, na pia do banheiro, é presente de quinze anos. Você guardou onde?".

Mas ela não queria parar para me ouvir. Assim como as criadas, era um espectro pela casa. Mas, diferentemente das criadas, assombrava. Da parte dos materiais de festa, fiz uns mapas e deixei no quartinho, indicando onde estava cada categoria de objeto. Das roupas, apenas desejei que fossem poucas as mensagens que eu receberia. Deixei tudo em silêncio. Deixei tudo silenciosamente no lugar e, conformada em não poder compartilhar minha obra organizada, caminhei levemente pesada pela casa dando a revisão final. A mãe estava tocando piano. Tocava a "Valsa da Bela Adormecida" de Tchaikovski. Tocava a primeira parte e errava a segunda. Tocava a primeira parte e errava a segunda. No mesmo lugar. Repetidamente, infinitamente. E voltava sempre do começo. Tocava a primeira, errava a segunda, voltava para o início. Cheguei então na sala esperando que ela me olhasse. Ela estava de pijamas. Fiquei um tempo olhando um outro ambiente da sala, olhando mais que o necessário, abrindo algumas gavetas do rack, esperando um momento para que me fizesse presente, pudesse me despedir e pegar meu pagamento. A filha dela mais nova desceu e procurou um canto no banco do piano para se sentar. Se escorou na mãe. De pijamas. Não foi para escola. Estava atípico aquele final de manhã na casa. A menina tossia às vezes com a língua para fora. Em uma das pausas pós-erro da mãe, a filha disse:

— Quero leite.

A mãe respondeu passando a mão na sua cabeça, olhando para a partitura:

— Pede pra Thelminha.

A outra "moça que trabalha lá em casa" surgiu no meu campo de som e disse:

— A Thelma nunca está aqui de manhã.

A música novamente do início. Errou. Respirou, se espreguiçou. O marido desceu as escadas. Eu, olhando uma gaveta, agora estava procurando algo para interagir com a outra criada:

— Deixei esta pasta com documentos nesta gaveta.

Pensei que agora seria o momento. Fechei a gaveta e fui sedenta a alguma troca de olhar: — Prontinho! Acho que finalizei. Se você quiser, posso te mostrar... — Antes que eu terminasse — talvez ela tenha murmurado um ok, devo acreditar? —, ela se levantou do piano, foi até o marido, disse algo a ele. Ele tirou do bolso dinheiro e contou. Entregou a ela. Ela caminhou até mim, com a filha segurando na sua perna e disse:

— Obrigada. E me desculpe, estou um pouco gripada hoje.

A criança olhando para mim:

— Tô um pouco gripada hoje também. Nem fui pra escola.

***

Mas talvez uma das questões mais intrigantes seja o fato de que a poeira lunar perde o cheiro quando chega à Terra. Há várias amostras de poeira e rochas lunares coletadas pelos astronautas. Elas não têm cheiro de pólvora.

***

Alguns meses depois, vi esta mensagem no Facebook da mãe:

"Hoje eu preciso agradecer a dedicação, presença e companheirismo da Thelma Gonçalves. Nossa Thelminha. Há seis anos com a gente, cuidando das minhas filhas como se fossem dela. Hoje eu tenho que dizer a saudade que a Thelma vai fazer. Ontem ela nos deixou. Tinha uma cardiopatia congênita.

Obrigada por tanto, Thelminha. Nós te amamos.

Que sua passagem seja bela."

Outra coisa interessante é você falar o nome do seu empregado muitas vezes, sempre, com muita intimidade. Soa respeito, mascara abusos. Diminutivos são bem-vindos.

Não espero nada daqui

Quando você morre passa a ver a morte em todos os cantos, em todas as situações. E vai sempre escolher se sentar ao lado dela em meio a uma multidão de vivos. Aparentemente ela está sempre disfarçada. Mas quando você morre, o disfarce é malsucedido. Você vai se sentar ao lado dela. Até você morrer, a morte idealizada, que te mantinha em vigília, até o dia da sua morte, seu olhar também busca e cruza o dela. O delas. Mortes.

A repulsa inicial. É repulsa o que sinto. Não é apenas "sou observadora e demoro a me conectar". Vejo mesmo apenas a miséria da sobrevivência em cada uma das pessoas. Inicialmente é isso que vejo. Intensifica esta percepção quando conheço um grupo de pessoas num curso ou numa festa. As pessoas se apresentam. São situações das mais constrangedoras estas que nos colocamos. Sabemos que os tais que se expõem ali, naquele momento, não são nem dez por cento do que seus históricos de vida relatados sugerem. Mas talvez eles tenham sim uma porcentagem maior de outras coisas muito mais interessantes e vis que não compartilham. Perguntam "Quais suas expectativas com o curso?", "O que você espera dele?". São algumas das questões para inserir na apresentação. Respondo que nada, não tenho expectativa nenhuma. Devolvi com desconforto o constrangimento que vivia naquela roda de inflamados. Esperavam elogios à instituição, aos mestres, ao grupo que eu deveria agradecer agora por fazer parte.

Estava sentada ao lado da morte. O que poderiam ser as mentiras de uma apresentação perante a companhia dela? Ela estava ali gigante, fazendo sombra em minha ausência de qualquer desejo.

Quando se aguarda uma vida cheia de sentidos atribuídos ao que não tem sentido algum, ela engole o espaço.

Entre todas as histórias presentes naquele grupo, histórias de vida que são pescadas durante as horas compartilhadas, uma me fascinava. Não só a mim, claro. Mas o meu olhar sempre cruzaria o dele. O daquele menino que manteve o mesmo esmalte vermelho das unhas do pé até o final dos quatros meses de curso. O mesmo esmalte. Ao final, uns restos. Ainda lá. Naquela roda de apresentações, a morte sentava-se entre mim e ele. A mesma morte dividindo a companhia minha e dele. Ele carregava a história de uma mãe suicida, com êxito na tentativa, e a incapacidade de força de tirar seu esmalte naquele momento. Eu carregava o medo do fascínio com a morte sucedida e um olhar de esmaltes descascados por meses.

Conectamos pelo olhar. Ao final de quatro meses, nunca tivemos ou criamos a oportunidade de uma conversa entre nós três: eu, ele e a morte. "Temos muito o que conversar. Um dia ainda vamos sentar e conversar, eu sinto."

Ele sempre me dizia. E eu desejava no meu silêncio de "não espero nada daqui" que esse dia chegasse.

Aconteceu, cinco anos depois. Um dos primeiros trabalhos de organizer. A ideia era organizar o quarto dele, na casa do pai. E, dependendo de como funcionasse o meu trabalho, ele daria de presente ao pai a organização de um quartinho dele também.

A morte não era apenas o desejo, a dúvida ou o fascínio do desconhecido. A morte era a morte no meu corpo presente. E no corpo dele sempre. Aquela que foi sua mãe durante todos os anos de ausência da sua mãe havia morrido há quatro meses. Eu, morte, filho duas vezes órfão e um viúvo nos sentaríamos para organizar a vida em morte daquela casa.

Existe uma confiança — talvez a palavra seja coragem — dessas pessoas que contratam um serviço para casa, de permitir que alguém entre em suas casas para prestar um serviço. E no caso de ser um serviço que envolve tanta intimidade com as suas coisas, como este de organizar... Não é arrumar um entupimento na pia, em que o contratado entra e seu olhar vai direto para o encanamento. Mesmo que faça aquele raio X geral de sacação do ambiente, o foco é a pia. No meu trabalho não existe um foco, tudo é possibilidade. O que não funciona ser guardado no quarto tem que ter outro destino, que pode ser o corredor, e neste corredor, posso ainda me deparar com alguma situação de gente, alguma situação familiar que me fará não sugerir mudança alguma de destino. Às vezes, penso que essas pessoas ou menosprezam a capacidade de observação e crítica do contratado ou pouco se valem da análise desses contratados. Nada os interessa ou os ameaça. Algumas pessoas julgam não ter nada a esconder. Que tudo é muito humano e digno de absolvição.

O que vi lá foi muito humano realmente, mas no sentido mundano, o lado inofensivo do povo da mercadoria. Porque nós, seres humanos racionais, não nos sentimos parte da natureza e, portanto, a destruímos, assim como destruímos o que nos é humano. Era o lado inofensivo do humano, mas com um horror que se absolve porque todos ali buscavam e exercitavam a escuta. Mas a escuta não é a chave para não cometer erros. Temos a vida inteira, seja longa ou breve, para errar e tentar consertar. O desejo se modifica, mas pode se tornar um erro catastrófico nas sucessivas repetições.

O colega era objetivo, apesar de estar dentro do caos. Não havia espaço para andar no quarto que dormia. Todos os cantos estavam com roupas, malas, sapatos. A cama tinha os metros quadrados com menor quantidade de mercadorias, era necessário um espaço vazio ali para um corpo em descanso.

Depois de entendida a função que desempenharia no quarto, fui levada a encontrar a morte no closet da esposa e mãe e madrasta falecida. O pai não era objetivo. E então o espaço mais simples tornou-se mais complexo. Sinto que por mais que a gente conheça alguém num momento bem atípico da vida desta pessoa — talvez o mais crítico de toda a sua vida, no qual ela esteja super alterada, diferente de como se apresenta em sua vida em vigília — o seu miolo ainda assim estará presente, à mostra, bem na sua frente. Sinta. Pelo menos no que diz respeito ao que ela vive em seus sonhos. Nossa fragilidade e loucura são convergentes à nossa normalidade, ao nosso momento melhor ou mais tranquilo em vigília. Considero tê-lo conhecido.

Olhos em formato de aspas. O sorriso parecia sempre surgir em câmera lenta. Assim como todos os movimentos e a fala. O sorriso, acho que define uma eterna suspensão do ser. Deste ser. Sempre com um sorriso de um personagem em sua cena final, na qual acontece o entendimento, o perdão e ele se deixa levar pela dor e paixão da existência. Sempre um sorriso que acolhe tamanho o charme guardado na complexidade de alguns. A morte estava bem ao seu lado. E ela me fascinava. E me enchia de compaixão por aquele que convive vivo ao lado dela e não pelo morto. E então, depois de passar pelo quarto do filho, dar uma passada sem sentido algum pelo closet do extinto casal — não era objetivo de organização este espaço, mas talvez uma necessidade do viúvo compartilhar comigo, em matéria morta, sua história presente — chegamos no quartinho deste pai de olhos em aspas.

Fico apreensiva em descrever o quartinho aqui. Por mais que eu adore analisar todos os seres que habitam essas casas insalubres, por mais que me apegue em amor por esses seres, minha segunda sensação, depois que vejo o local, é de incredulidade. Primeiro sinto um prazer que as pessoas que estão me contratando podem até julgar falsidade. Não me surpreenderia se de repente eu fosse acusada de estar encenando uma euforia em começar a organizar aquilo. Eu me acho falsa, sim. Me sinto falsa, uma personagem canastrona, pagando de fofa fissurada em organizar, quando, neste segundo momento, tenho desprezo por esta porcaria que sou obrigada a enfrentar. Obrigada sim, porque a vida é cheia de porcarias em cada grão de ampulheta que escorre, e esses pequenos muquifos são apenas uma extensão do que reside de mais pútrido dentro de cada um desses iluminados. Terei a oportunidade de descrever esses lixos de ambiente em algum outro momento. Agora não quero, estou irritadíssima.

Quero falar sobre os olhos em aspas e as mãos brancas, do aspecto de um homem ruivo não ruivo, e unhas curtas. Mãos e olhos de quem sente o vento de uma paisagem bucólica na cara. Era assim que ele olhava e selecionava cada coisa que ficaria ou não daquele quartinho. No final do filme ou em algum momento no meio, ver estes movimentos e tals é legal, podemos até verter alguma lágrima. Mas ficar oito horas num dia em clima de nostalgia com trilha sonora óbvia no ar é estar parada em frente a uma ampulheta que tem o último grão de areia emperrado no tempo acima. Ele era o típico cliente do qual era necessário estar ao lado o tempo todo, ajudando a ser mais objetivo na triagem. Cada papelzinho tinha uma história. E ela sempre surgia relatada lentamente como quem estivesse no pico da montanha maravilhado com a grandiosidade e mistério da natureza nos Andes. Oito horas... Não sei como a própria pessoa consegue dar conta da permanência deste estado letárgico. Foi um dos meus primeiros trabalhos, mas eu soube como tirá-lo do pico da montanha contemplativa. Joguei um lobo selvagem no quartinho. Deixei o lobo ali no cantinho para ser usado sempre que necessário, seria decisivo para acordá-lo para a realidade. Havia um único momento em que eu embarcava na contemplação e ficava ali em cima, com ele no pico. Fotos. As fotos falam um pouco das suas escolhas, da sua visão de si mesmo, da sua diversidade. O olhar dele nas fotos. O sorriso, sempre com a mesma sensação de brisa na face, de raio de sol atingindo um único olho. Os móveis do escritório do trabalho, as cores das roupas do passado, a mulher desquitada suicida e a mulher atual falecida. Olhar a foto da atual falecida. O que poderia ser mais uma situação para me sentir na Casa Grande se esvaiu na montanha. Negra, jovem e médica. Não gostaria de colocar aqui que a falecida era linda. Não vou colocar. Acho tendencioso para algo que não quero também colocar neste momento. Apenas uma informação para mim e para o lobo, caso houvesse algum momento de consciência súbita da minha cor.

Como já disse, o quarto do viúvo com a falecida não era para ser organizado. Mas tem aquele porém de ter que mudar alguma coisa de um canto para outro. O quarto do casal poderia ser o destino de algo do quartinho. Fui duas vezes convidada a entrar no quarto do casal. A primeira foi aquela breve entrada desconexa no closet. Entrei com o pai. Era estreito e se eu pudesse definir em poucas palavras seria: gavetas sem sol. Muitas coisas da mulher. Muitas. Incômodo. Muitas máquinas quebradas. Por que as pessoas guardam em pleno anos dois mil impressoras e CPUs de computador? E por que as pessoas guardam isso nos maleiros do closet? Ela deveria ser muito baixa e magra. Tudo muito pequeno, e peço permissão e desculpas de dar minha opinião sobre o gosto e escolhas de vestuário dela. Mau gosto.

Ele me mostrou tudo daquele corredor do closet com a dinâmica letárgica contemplativa habitual. Desculpa, mas tenho que frisar isso. É importante, porque dita também as minhas respostas corporais e as não respostas também. Porque esta atmosfera é enigmática, dúbia, de uma suspensão que faz muitas vezes você duvidar da urgência e importância e efetividade dos lobos, ali no canto. Parece crise de ausência, mas pode ter alguma intenção ou pensamento segredoso por trás disso. Me mostrou tudo sem linearidade alguma de pensamento e espacialidade. Deixava, em silêncio. Viúvo há quatro meses, se deparando com o que se desfaz ou não. Mas eu desejava me desfazer de tudo aquilo, da morta. Eu desejava que ele me pedisse para ajudar a apagar tudo dela daquela casa. E ficasse comigo. Nossa, seria maravilhosa esta personagem. Mas esta não sou eu. Estou sorrindo, me achando super uma psicopata perspicaz. Era sexy, sim, estar no closet de um homem em frangalhos, vendo seus movimentos lentos no pico da montanha, vendo o raio de sol, fechando apenas um dos olhos de aspas dele. Não consegui induzi-lo a se desfazer de nada daquele closet. Precisamos acreditar em algo no luto. Vou respeitar. Precisava resolver o quartinho. A apaixonada pelo viúvo saiu de cena. Mas o viúvo tentando apagar sua dor não.

Eu chegava, tomava um café da manhã, só eu e ele. Na maioria dos dias, meu amigo não estava. Depois parávamos para almoçar. Um cara legal. Inteligentíssimo, moderno, aberto e sexy. Legal. Estava tudo legal. Almoçávamos e falávamos de tatuagens. Há apenas um ano, tinha feito a minha primeira tatuagem. Fiz três de uma vez. Mostrei as que eram possíveis de serem exibidas ali, contei as histórias e ele me falou sobre as suas, contou suas histórias e depois disse que me mostraria uma de suas tatuagens. É. Não sei. Uma frase jogada. Sem nenhum olhar, intenção diferente na voz, apenas uma frase como se tivesse dito: "Você gosta de rúcula?". Continuamos comendo, conversando. Ele sempre lento, ouvinte, sem arsenal de modulações vocais ou corporais. Rúcula, mostrar depois a tatuagem. Tudo igual.

Uma situação bem cotidiana para uma organizer é seguir o cliente pela casa quando ele sugere mostrar algo que considera importante. Tiramos a mesa, tentei lavar a louça, mas acabei achando que demoraria muito para conseguir achar um espaço para abrir a torneira e depois encontrar um espaço para colocar o prato para escorrer. Não tinha. O viúvo disse para eu deixar disso, que não precisava me preocupar com a louça. Sim, por que eu me preocuparia se ninguém naquela casa estava preocupado com a pia há uma semana? E então ele saiu andando. O jogo estava dado. Era aquele momento que a organizer acompanha o contratante pela casa. Fui seguindo e no caminho, no corredor — eu e ele só na casa — sem virar para trás:

— Vou te mostrar minha tatuagem.

Aquela tattoo, do mesmo tom de voz da rúcula, foi mencionada novamente no mesmo tom de "Pode deixar a louça aí". Sem alarde. Sem urgência. Com a segurança dos habituados a direcionar. Eu estou rindo agora me lembrando da situação. Mulheres que são assediadas sempre são questionadas do motivo de estarem no local, dos motivos de terem entrado na casa, no carro, no quarto, no caralho. Eu estou chorando agora me lembrando da situação. Não existe a cara, nem o tom de voz do assédio antes dele acontecer. Uma organizer acompanha o cliente pela casa, ouvindo, observando, cuidando das palavras usadas para ajudar o cliente sem ofender. Segui ele meio rindo, quase chorando, segui ele naquela atmosfera que ele criava de pico da montanha, neblina, raio de sol em um olho. Entramos no quarto e ele fechou a porta. Eu penso no que seria aquilo. Sinto medo. Na Bolívia as paisagens assombrosamente divinas têm moldura de precipícios aterradores. Em uma das viagens que fiz de ônibus entre uma cidade e outra no país, em certo momento no ônibus precisei entrar em negação "com certeza isso não está acontecendo, porque ninguém são colocaria pessoas dentro de um ônibus para pegar aquela estrada por mais de oito horas". Este pensamento me apaziguou, porque meu corpo estava cansado da apreensão e dos risos dos nativos perante minha apreensão. Quando o ar delira você tem que respirar o delírio. Senão você cai antes do precipício. É ou não é? Se não fosse, eu poderia ofendê-lo. Claro que não é. E eu deixo a porta fechada. Eu atravesso o corredor e paro de falar. Será que meus olhos estão arregalados? Ele nem vê. Ele está em modo contemplação da paisagem. Ele já atravessou o corredor de entrada do quarto, está do outro lado do quarto, distante da saída, atrás da cama, perto da janela. Eu atravessei o corredor e parei. Fiquei estancada entre o que me colocava dentro e o que me colocava fora dali. Longe. Será que meus olhos estão arregalados? Ele nem vê. E poderia ser ofensivo ele perceber meu medo. Ele tira a camiseta e começa a contar a história de uma tatuagem no peito dele. O que tinha no peito dele? Agora a história é sobre a tatuagem que ele quer fazer no braço. Ele está falando da mulher morta. Claro, ele não vai fazer nada além de mostrar a tatuagem. Está falando da mulher morta. O quarto, a retirada da camiseta, o mostrar a tatuagem, tudo era sobre a mulher morta. Eu não tinha nada a ver com aquilo. Será que os mais velhos não tiram a camiseta em outros cômodos da casa a não ser no quarto? Devia ser uma espécie de respeito com a casa, com o filho, com a viúva. Ele era surfista. Eu não falava nada. Meus olhos estavam como? Sentia que eles iam saltar do meu rosto. Eu abro a porta? Eu saio? Ele contou a história da tatuagem, da mulher e a tatuagem. Olhando do pico, sem perceber meu medo? Ele colocou a camiseta e então olhou para mim. Estava de volta ao quarto. Eu disse "que legal" e fui caminhando para a porta. Abri. Saí. O que aconteceu? Fui para o quartinho. Sentamos eu e ele no chão e continuamos na missão. Ele olhando do pico e eu de olho no lobo, tentando com o meu olhar dizer que talvez ele tivesse que me defender. Não apressando o cliente a decidir se o papelzinho teria que ser descartado ou não, mas atacando-o em minha defesa, caso necessário.

Era uma família linda, na escuta e na complexidade dos sentimentos humanos mundanos. Mas o que um homem bom, com escuta, que sempre está ali na sua frente se repensando, pai deste cobiçado modelo familiar, inteligente, educado, frágil em sua recente viuvez, é capaz de fazer em luto, com uma mulher que está ali, há três dias, prestando um serviço em sua casa? Algo muito diferente de uma mulher na mesma situação de viuvez.

Aquilo aconteceu ou não, como o meu medo sugere?

Rio contando o início da história e tremo quando chego na parte que a porta se fecha. E tremo de medo quando não lembro a história que ele contou sobre o que queria me mostrar. Aconteceu como o medo que ele sugeriu na situação que ele criou.

O que eu vi lá foi muito humano, mas no sentido mundano, o lado inofensivo do humano. Inofensivo. Eu, tremendo de medo, quando não lembro a história que ele me contou sobre o que queria mostrar. Era o lado inofensivo do humano, eu tremendo de medo quando chego na parte que relato o fechamento da porta. Tudo muito mundano, como sugere os horrores que se absorvem, porque todos ali buscavam e exercitavam a escuta. Um relato mundano de que ele não conseguia ouvir meus olhos arregalados, por estar no pico da montanha relatando a própria história. A escuta era seletiva. O que você ouvia, senhor? Temos a vida inteira, seja longa ou breve, para errar e tentar consertar. Senhor? Senhor, pode descer, por favor?

Senhor viúvo, de uma família incrível, você errou comigo.

Tá feliz?

A memória cria a nossa autoconsciência, a interpretação da nossa memória, na verdade, e isso acontece no momento em que ela aparece. A autoconsciência vai mudando, cada vez que recordamos, novos sentidos aparecem. Ontem criei um novo sentido para a nossa história. Assistia a um documentário, e o personagem biografado dizia que a cena de um filme o fez entender o sentido do encontro entre ele e uma pessoa da sua história. Sim, essa roda toda mesmo. A cena do filme mostrada no documentário me distanciou da história contada ali naquele momento e cheguei à nossa. Assim como os amigos do filme, dentro do filme que eu estava assistindo, nós também já apostamos uma corrida sem propósito algum na rua. Foi uma corrida sem propósito algum, numa noite sem propósito algum. Nossa carne era de carnaval. Não era isso?

Até segundos antes da cena deste filme dentro do filme, eu me lembrava da sua existência com um alívio grande dela não estar mais tão próxima à minha. A escolha foi minha. Acredito que em resposta às suas escolhas em relação a todos que o cercam. Não escolhemos nada sozinhos. E veio a cena e, antes de pensar na maravilha do nosso momento de competição impensada na rua, veio a culpa da minha escolha — a culpa não sabe que as escolhas nunca são solitárias. Das minhas escolhas pautadas nas minhas memórias que já nem tenho mais controle.

***

Muito antes de fazer disso uma profissão, qualquer amigo que permitisse, quando menos eu mesma esperava, eu já estava ali com a cabeça enterrada numa gaveta suja com coisas sem sentido algum, com um objetivo real que nem sei dizer qual. Quando se é muito jovem e desocupado, passa-se um tempo enorme e morto na casa de amigos. E como jovem que fui, estive muito tempo morta. Mas sempre inquieta com o não fazer nada ou com a prática de falar e falar, e falar, e falar sobre nada. O excesso de pensar, que é capaz de se fazer vômito falado, cansa, e, então cansa-se da pessoa que se escolhe estar em companhia compartilhando deste vômito. E, então, muda-se o foco ao avistar ali, na sua frente, uma cômoda, um armário, uma gaveta na escrivaninha cheia de vazios alheios desorganizados. Neste momento, se emudece, enterrada, alimentando aquele mau hálito dos que se calam por uma vida.

Ele se mudou para o meu prédio num momento em que organizar já era profissão, num momento em que eu estava desesperadamente em dívida com um mundo de amigos. Precisava ajudar e ouvir o mundo inteiro. Estar no controle era tudo o que eu precisava. Nada mais funcional do que ajudar e ouvir para se sentir no controle. Existe o ponto certo para que a pessoa não perceba que você a controla. Às vezes um limite para que ela, mesmo percebendo esse controle, fique maravilhada por enxergá-lo como cuidado ou companhia. No caso do meu novo vizinho amigo, era companhia. Iria morar sozinho pela primeira vez e era impensável estar sozinho.

Queria muito ajudá-lo. Muito. Devia muito a ele. Queria muito que as coisas fossem do meu jeito. Queria montar uma casa com tudo que gosto no estilo dele. Fiz uma pasta no Pinterest e, antes dele pensar, já havia escolhido tudo. Sei o que é mais certo. Onde fica melhor. Eu sei. Infelizmente sei. E ele não sabia de nada. Os que não sabem são aqueles que mais nos cansam. Só quem sempre está certo sabe o quanto isso aprisiona o convívio.

O mais difícil dos organizers voluntários que fiz. Porque eu estava certa o tempo inteiro, e depois de acabado o serviço, nunca acabado, ainda continuo certa. Mas oscilo entre a soberba e a culpa de que os certos costumam cair, provando que existe aí um caminho para o erro.

Tendo tudo completamente planejado, a chance de frustração é enorme. Sentença óbvia. Além dele não saber nada, e eu, tudo, ele era o dono das deduções erradas com total convicção e empáfia. De boazinha prestativa eu me transformo num monstro contido quando o interlocutor é dessa laia. Quem estiver aberto percebe, no congelar que arrepia os pelos de seus braços, o meu olhar. Importante lembrar que ele faz parte da casta mais alta da sociedade, o que me tornava uma guerreira em total prontidão. Portanto, é fácil deduzir que conhecimentos, detalhadamente argumentados, não funcionavam com o vizinho amigo. Lancei mão de algumas estratégias, no início, pensando no êxito de deixar as coisas como planejei: dizia o contrário. Algumas vezes funcionou. Mas tem mais um detalhe. Além de não saber nada com muita convicção, sua convicção mudava a cada minuto. Então precisei largar a mão da minha casa alheia dos sonhos e me silenciar a cada solução sem sentido que ele sugeria. E o resultado foi lindo.

Desde a compra dos materiais, eu estive com ele. Desde a compra, apontava: "Este é o melhor lugar, não este. Este é o material certo, não este". E a cada apontamento uma pirraça surgia. Em todas as situações o "não este" foi escolhido.

E foi lindo. Ver os trabalhadores que chegavam na casa nova para instalar os materiais comprados dizendo: "Este não é o melhor. Tem que ser este". Foi lindo ver ele mesmo instalar a cortina e ela cair. Foi lindo ver o guarda-roupas colocado no lugar equivocadamente escolhido por ele sufocando todo o espaço possível de horizonte da casa. É lindo ver que de tão tudo errado que foi feito lá, eu olho ainda hoje e não consigo vislumbrar uma solução. Apenas se o inquilino mudar. Salvei alguns cantos da casa, sim. Tanto que consegui algumas fotos incríveis para o meu Instagram. Salvei ainda com a glória dele pensando alto comigo, chegando à conclusão de que a melhor solução era aquela que eu havia dado no dia um. Mas, claro, nunca dizendo: "Aquela sua solução era a melhor". Não. Era ele dizendo como se fosse um insight genial, próprio: "Não é melhor colocar aqui?".

Esquecido, tadinho.

Gostaria de colocar aqui a imagem da cortina caindo, foi lindo demais. Imaginem.

O empenho em dar um jeito na casa depois da mudança tem um prazo. A organização do espaço físico depois de três meses foi dando uma trégua. Mas este serviço de organizer seguiu por uns dois anos, tentando se concretizar. O capricho da organização migrou do espaço físico de um apartamento, já sem solução, para o espaço comportamental de quem o habitava. Eu não almejava isso.

Organizo casas, e não, vidas. Está lá, bem na página inicial do meu Insta. Deixo de forma bem azeda este aviso. Para a pessoa dar até uma risada da espiritualidade do slogan, mas permanecer com a frase na cabeça quando vislumbrar me alugar com problemas pessoais além do combinado enquanto eu faço a triagem de um banheiro insalubre cheio de produtos vencidos.

Mas esse slogan deveria estar tatuado no dorso da mão que organizo. Porque é um alerta, mais que para todos, para mim. Normalmente não tenho tempo de me envolver o suficiente para padecer com a vida alheia. Os dias são contados no cliente. Mas do vizinho não. E o vizinho era o pior banheiro de se organizar, tudo ali estava vencido, mas insistia em dizer que prazo de validade não servia para alguns produtos. E dessa vez ele tinha total razão, bem sabemos que no machismo e na misoginia o prazo de validade é vitalício até os tempos de anos luz.

A vontade de esquecer-se um pouco pede companhia. Quando você pede por companhia é quando você precisa esquecer-se. Às vezes, com tempo de esquecer-se, você pensa como recompensa da falta de tempo anterior: vou visitar fulano. Às vezes, precisa-se da companhia porque se lembrar da própria existência e a do mundo te coloca numa euforia perigosa. As pessoas que moram sozinhas há um tempo passam a ser mais passivas quando o assunto é companhia. Não procuram, apenas esperam. Essas pessoas não necessariamente são solitárias. Esperam o sujeito de alma solitária, que pode morar sozinho ou não, dar um "olá!" e sente se está ou não para companhia naquele momento. Normalmente se esforça para que o encontro se dê porque já fica com aquele momento de compartilhamento de vida armazenado para caso sinta necessidade de contato um dia qualquer. Além de enganar-se com a ideia de dar companhia a alguém que pede por ela em um simples "olá!". Não. Você só dá companhia se quer companhia em algum lugarzinho em você. Ajudar para sentir-se no controle. De quando em quando, a pessoa que mora sozinha está lá, cansada de olhar para o teto sem esperança nenhuma, e chega a mensagem de um solitário. Ela vai ao encontro dele e acaba olhando para o teto em outro ambiente apenas, porque o vazio estando em você é transportado na sua respiração.

Eu e o vizinho transportávamos nossos vazios pelos nossos apartamentos. Eu, passiva. Ele, ativo. Ambos, agressivos. Passiva ao nunca propor.

Era sabida a mensagem de todas as manhãs. Olá. Tem pão? Era sabida a minha resposta, Não, eu não tenho pão em casa. Só como tapioca. Ele sabia. Descia. Batia insistentemente na porta, sem que o tempo da insistência se desse. Não come nem pão nem tapioca de manhã, estendia a mão para cumprimentar, entrava na minha casa sem olhar na minha cara, fazia a pergunta de sempre, de sempre sem intenção, de sempre sem emoção ou consciência da questão. Tá feliz? Pegava uma banana, sentava e iniciava um monólogo sobre a mulher que ele amava ontem de manhã e destrinchava os motivos de a desprezar naquela manhã seguinte. Seguia passiva. Sabendo tudo, ele nada. E quando se sabe tudo, no momento em que se ouve certos monólogos, torna-se uma professora de Fundamental 1. Escuta apurada. Calma, didática, compreensão, contando que a educação e o amor transformam. Acreditar é tão evoluído. É analítico, racional, argumentativo.

Era sabida a mensagem de todas as tardes. Olá. Tá em casa? Posso usar a internet? Descia. Batia insistentemente na porta, sem que o tempo da insistência se desse. Estendia a mão para cumprimentar, entrava na minha casa sem olhar na minha cara, com o computador na mão, a roupa amassada, urgência, fazia a pergunta de sempre, de sempre sem intenção, de sempre sem emoção ou consciência da questão. Tá feliz? Sentava e iniciava um monólogo sobre alguma treta do trabalho. A vaidade. A completa visão fora de foco da situação. Seguia passiva. Sabendo tudo, ele nada. E quando se sabe tudo no momento em que se ouve certos monólogos, torna-se uma professora de Fundamental 1. Escuta apurada. Calma, didática, compreensão, contando que a educação e o amor transformam. Acreditar é evolução.

Era sabida a mensagem do final do dia. Olá. Tem comida? Mesmo sem nenhuma resposta, ele estava lá, batendo na minha porta. Insistente. Estendia a mão para cumprimentar, entrava na minha casa sem olhar na minha cara, fazia a pergunta de sempre, de sempre sem intenção, de sempre sem emoção ou consciência da questão. Tá feliz? Sentava, enquanto comia, criticava a posição da cama ou do quadro novo na parede e iniciava um monólogo da volta da paixão pela menina que ontem de manhã amava, mas deixou de amar naquela manhã, e como acabou de descobrir que ainda existia algo ali pulsando. Amava a moça ainda. Escuta apurada. Calma, didática, compreensão, contando que a educação e o amor transformam. Acreditar é analítico, racional, argumentativo.

Era sabida a mensagem do final da noite. Olá. Bora ver um filme? No filme a casa dele estava aberta. Eu subia. Ele abria a porta, estendia a mão para cumprimentar, sem olhar na minha cara, fazia a pergunta de sempre, de sempre sem intenção, de sempre sem emoção ou consciência da questão. Tá feliz? Me oferecia um café de máquina, e escolhíamos um filme. Se eu gostava do filme, ele não gostava.

E vice-versa. Ele explicava os motivos. Eu ouvia. O que eram aqueles dias? Meses. Tinha dívidas com amigos. Era a vez de ajudar. Passiva. Tornando-se seca. Respondendo à falta de educação. A memória.

A mensagem das manhãs. Olá. Tem pão? A resposta: não. Descia. Batia insistentemente na porta, sem que o tempo da insistência se desse. Não come nem pão nem tapioca de manhã, estendia a mão para cumprimentar, entrava na minha casa sem olhar na minha cara, fazia a pergunta de sempre, de sempre sem intenção, de sempre sem emoção ou consciência da questão. Tá feliz? Pegava uma banana, sentava e iniciava um monólogo sobre a mulher que ele amava ontem de manhã e destrinchava os motivos de a desprezar naquela manhã seguinte. Eu sabendo tudo, ele nada. O limite do discurso ofensivo ao outro. O outro é você. Sempre fui eu. Quando se sabe tudo no momento em que se ouve repetidos monólogos do topo da pirâmide, meses, torna-se agressiva para eles. Ensino Fundamental, trincheiras. Escuta apurada. Fala direta, didática, compreendendo a memória do corpo daquele outro, contando que a educação e o amor devem estar ao lado do outro, não do disco furado privilegiado. Desacreditar é tão evoluído. É analítico, racional, argumentativo.

Era sabida a mensagem de todas as tardes. Olá. Tá em casa? Posso usar a internet? Descia. Estendia a mão para cumprimentar, entrava na minha casa sem olhar na minha cara, com o computador na mão, a roupa amassada, urgência, fazia a pergunta de sempre, de sempre sem intenção, de sempre sem emoção ou consciência da questão. Tá feliz? Sentava e iniciava um monólogo sobre alguma treta do trabalho. A vaidade opressiva. A completa visão fora de foco de uma situação limite. Seguia nas trincheiras. Sabendo tudo, ele nada. Ele, no buraco, querendo a aprovação do escolhido para contar seu causo. Eu sabendo de tudo e no limite do silêncio, desilenciando. Quando se sabe tudo, no momento em que se ouve certos monólogos abusivos, torna-se soldado da linha de frente. Escuta apurada. Tom elevado, didática presente e compacta, compreensão da memória do corpo daquele outro, contando que a educação e o amor devem estar ao lado do outro, não do disco furado privilegiado. Desacreditar é evolução.

A mensagem do final do dia. Olá. Tem comida? Mesmo sem nenhuma resposta, ele estava lá, batendo na minha porta. Estendia a mão para cumprimentar, entrava na minha casa sem olhar na minha cara, fazia a pergunta de sempre, de sempre sem intenção, de sempre sem emoção ou consciência da questão. Tá feliz? Sentava, enquanto comia, criticava a posição da cama ou do quadro novo na parede e iniciava um monólogo da volta da paixão pela menina que ontem de manhã amava, mas deixou de amar naquela manhã, e como acabou de descobrir que ainda existia algo ali pulsando. Escuta apurada. Eu não permitia que o causo se prolongasse. Desacreditar é falta de paciência.

A mensagem do final da noite. Olá. Bora ver um filme? No filme a casa dele estava aberta. Eu subia. Ele abria a porta, estendia a mão para cumprimentar, sem olhar na minha cara, fazia a pergunta de sempre, de sempre sem intenção, de sempre sem emoção ou consciência da questão. Tá feliz? Me oferecia um café de máquina e indicava que eu bebesse o café até o fim senão, não me daria mais. Escolhíamos um filme. Eu dormia no meio. Filme bosta. Ele explicava o motivo de ter gostado do filme. Eu descia na primeira respiração mais longa que ele dava de uma frase a outra. Falta de educação aumenta.

Olá. Tem pão? Descia. Batia. Não come. Estendia, entrava. A pergunta de sempre. Tá feliz? Um discurso dele. Uma réplica minha. Eu seguia agressiva. Sabendo tudo, ele nada. E quando se sabe tudo. Escuta prévia. Impaciente. Acreditar não é mais possível.

Olá. Tá em casa? Descia. Insistentemente na porta, entrava na minha casa com a roupa amassada. Tá feliz? Sentava e iniciava um monólogo. Visão fora de foco. Eu seguia precavida. Sabendo tudo, ele nada. Contando que a educação e o amor não salvam. O grito alivia. Acreditar é subnotificação.

Tem comida? Nenhuma resposta. Insistente. Sempre sem emoção. Tá feliz? Criticava, iniciava um monólogo sobre a paixão. Escuta sonora bufando. Cinismo. Acreditar é romper.

Olá. Bora ver um filme? Não. Passiva. Tornando-se seca. Respondendo a falta de educação. A memória.

Fugi aqueles dias felizes de você. Naqueles dias que me carregava. Consegui em todos os dias. Menos no último.

E foi lindo te ver neste dia. Triste, mas livre. Alcoolizado, triste e livre. Eu, drogada, feliz e livre. Carregamos nossa tristeza para longe daqueles apartamentos do Anhangabaú. Estávamos fora. Eu com medo inicial de ter que te carregar, sempre todo acorrentado em poréns descabidos para aquela carne do momento, para aquele espaço totalmente aberto e possível. Você num bloco na rua, na chuva, foi comprar uma água e voltou com uma caixa de pizza e distribuiu para um grupo de amigos desconhecidos que nos acompanhavam. Você nos levou para um bairro do outro lado de onde estávamos para uma outra possibilidade de fuga. Fugi tanto de você naquele dia. E você veio como uma âncora atrás de mim. Mas não te carreguei, você tristemente me carregou para seu rolê de liberdade acorrentada. Enquanto eu dançava em qualquer calçada que vazasse uma música, você se mantinha impávido, sofrendo livremente. Nós corremos numa avenida sem propósito algum. Eu queria ganhar tempo. Queria estar exatamente ali, para sempre. Pulando de bloco em bloco. Deixando grupos para trás, bairros, pessoas. Eu ganhei a corrida. E terminei este dia tomando meio café da sua máquina, deitada na sua cama que, além dos lençóis e travesseiros, guardavam todas as suas roupas separadas para doar misturadas com as retiradas da máquina de lavar. Terminei ainda com vontade de deixar mais grupos para trás. Mas o dia seguinte estava chegando.

Ontem criei um novo sentido à nossa história. De final de filme, no qual amigos se entendem para sempre.

Mas logo o sentido de memórias outras marcadas por uma existência de defesa ganhou. A memória não esquecida é desafogamento. Acreditem. Não esqueçam. É ela que reconstrói seus afetos. É alívio colocar sua existência distante da minha hoje.

Estou no dia seguinte. Tá feliz? Sei responder hoje à pergunta que você já não pode mais me fazer, porque não tenho mais ouvidos próximos à sua fala. Não estou. O fim da sua existência de morte matada por mim me deixa infeliz, do jeito que sua pergunta espelho espera resposta. De nada serve estar sempre certa.

Tão lindo quanto ver sua cortina cair, foi correr sem propósito algum com você numa rua de um dia qualquer.

Furtiva de.

Em casa as histórias do mundo foram contadas pelas músicas. Elton John e a viagem espacial; Chico, Caetano, Roberto Carlos e a ditadura; Pixinguinha, a Kananga do Japão e a Coluna Prestes; Secos e Molhados e a bomba atômica; Freddy Mercury e a AIDS; Raul Seixas e a Sociedade Alternativa. A história sempre esteve lá, na rádio, na coleção de discos de vinil e nas fitas cassetes gravadas e ouvidas em viagens longas para o interior. Mas as histórias dos personagens da minha família pareciam estar alheias aos acontecimentos do mundo. O privado contado principalmente nos cafés das manhãs aos domingos, do que se conquistou ou não, do que se perdeu ou não, do que se era permitido comer ou não, de quem morria e de quem ficava. E a história permanecia sendo contada, eu a via acontecer, também absorta ao mundo externo pelos olhos deles. Dramas familiares encobertos de tempo algum, nem presente, nem passado, nem futuro. Alheios, em negação. E quando se nega, o tempo é um delírio.

***

Coberta de confidente. Era amiga da amiga, era já amiga, era lenta, progressista, da mesma cor que a minha, com interesses em literatura africana, em transição capilar, mas com lapsos de vestimentas de panos leves e chinelos que custavam metade do meu aluguel. A capacidade de se enganar é permitida e atestada em ato a qualquer ser não delirante do seu tempo. Ele pode até dizer que no fundo sabia, que desconfiava, mas o fato é que muitas vezes o convite a se entregar é dado, e o que lhe resta depois do sabido é o silêncio do olhar desamparado procurando sentido.

Ao final do primeiro dia deste trabalho, já fui confidenciando um segredo a ela. A contratante tinha a mesma cor que a minha. Sempre olhei para ela com afeto e afinidade. As pessoas lentas, mesmo que irritantes no meu mundo, nos confundem, parecendo incapazes de fazer o mal, principalmente se carregam um sorriso espontâneo e uma história de vida de perdas e conquistas. É fato que, quando estou em contato com alguém assim, não passo um encontro sequer sem pensar, diante da peculiar lentidão e presteza, qual é o seu lado desconhecido e agressivo?. A desconfiança sempre existe, ela sempre existe, mas confiar por instantes, que sejam, mantém a esperança.

Você se abre, fica feliz pela casa nova da amiga da amiga já amiga, fica eufórica em arrumar, em ajudar, em participar de tudo isso. A amiga ainda aponta, em momento telenovela, que a felicidade é recíproca em você estar fazendo parte dessa conquista junto a ela. Encoberta de merecedora. Você compra o discurso. Você sai planejando em sua mente tudo o que vai organizar. Sai fazendo um mapa mental, mudando as coisas de lugar no caminho de volta para casa. Você repassa os objetos descobertos do dia na mesma proporção dos acontecimentos fugidios do dia.

Seria a mudança da casa velha para a nova. O primeiro passo foi conhecer o apartamento novo, antes de começar a encaixotar. Você senta no metrô, pega o celular e fica vendo, sem clicar em nada, os stories no Instagram. Deixando passar. Uma sequência de fotos da contratante com duas amigas nos espelhos da academia. De corpo inteiro, braços na cintura, as duas da lateral com as pernas de fora com joelhos semiflexionados, uma galera atrás nos aparelhos. Uma galera reunida nestes tempos deveria ser algo atípico. Alguns homens de regata. O espaço é amplo, cenário preto e cinza. Bem amplo. Elas usam máscaras.

Chegando em frente ao prédio, estava à nossa espera o casal que iria pintar o apartamento antes da mudança. O moço saiu de máscara do carro, levantando as calças, com trejeitos ansiosos, cabeça baixa e passos de um lado para o outro, como se tivesse perdido algo muito pequenino no chão. A moça, que conheço de outros carnavais da discórdia, nunca teve o hábito de ao menos me cumprimentar com um aceno de cabeça, mas, neste dia, talvez em tempos de se repensar, saiu do carro sem máscara, me olhou nos olhos e me abraçou. A amiga já deu um abraço caloroso em ambos, de cara. Minha mente arregalou-se. Volto ao Instagram, fugindo envergonhada da lembrança de repulsa do contato físico. As academias acabavam de ser reabertas na fase amarela. Número de mortos por coronavírus neste dia no Brasil: 988. Saímos da casa das 1200 mortes diárias. Um abraço sem máscara de uma pessoa liberta na pandemia.

Quando o adjetivo que você mais ouviu desde pequena referente a sua pessoa é insuportável, você passa a vida duvidando da sua capacidade analítica do entorno. Olhava e olhava, e olhava a foto. Duvidava de mim. Não conseguia quase me recordar do abraço. Desvario. Acho que tudo bem ir à academia. Todo mundo tem que escolher algo para dar uma escapada. Cinismo. Disfarçada de saúde mental. Acho que tudo bem tirar essa foto em pose de promotoras de eventos e postar. Deixo os stories correrem. Um anúncio de suportes de hortas para varanda. Penso nas plantas que compraríamos para a casa nova. A contratante um dia me disse, olhando para uma planta num vaso:

— Elas vivem num lugar tão grande em sua origem e aí a gente pega elas e coloca num vaso, dentro de um apartamento. É horrível pensar nisso, né?

Tínhamos muito em comum, desde um recente sempre. Pensávamos o mundo avessas ao mundo até que um dia este nos coloca à prova.

Sempre quando olho as caixas todas espalhadas, penso que será rápido. E sempre que começo a abrir uma por uma, tenho a certeza que o tempo se estenderá por dias e mais dias até tudo se encaixar. Viro uma máquina, não paro. Não paro nem para comer, esperando que este cenário não se confirme. O final do dia me coloca dentro de um ambiente intacto, sem nada para se descartar, apenas todas as caixas vazias. Para o cenário não se confirmar, me tranquei na casa neste segundo dia, no qual só estaríamos eu e a amiga moradora temporária de um dos quartos do apartamento. A contratante estaria numa confraternização da empresa em um sítio. Todos precisam de uma válvula de escape. Insuportável é meu adjetivo. Estaria tranquila para trabalhar sem riscos de contato humano. A menina, organizando o quarto dela, e eu, o resto da casa. Final do dia, chega o pai da garota provisória. Um senhor. Eu, isolada no quarto, com máscara, já o senhor tira a dele logo que me vê, eu digo:

— *Magina*, não precisa se preocupar com isso.

A garota não estava morando mais com os pais por eles serem grupo de risco e ela trabalhar fora. Insuportável é o adjetivo. Fica tranquila. Relaxa. O senhor quer conversar. Quer chegar perto e contar histórias de toda a sua vida e de seus ancestrais portugueses. Quer contar a história de Portugal. Quer saber minha árvore genealógica. Vou me afastando. Ele quer colocar músicas para eu ouvir com ele. Quer falar sobre o tempo histórico da música, sobre o seu momento de vida no lançamento daquela trilha, sobre o momento de vida do autor da música. Diz que pareço uma cantora cubana que ele gosta muito, que cantou a melhor versão de "La vie en rose". A filha repreende o pai por ele ter me comparado com uma cubana:

— Pai, que isso?

O pai se surpreende com o meu conhecimento musical, pelo fato de, segundo ele, eu ser tão jovem. Digo a minha idade e ele sai do quarto de onde gritava para alcançar meus ouvindo exaustos da sua fala:

— Não é possível, pra mim você tinha no máximo vinte e cinco anos.

A filha repreende o pai chateada:

— Pai, como assim ela parece mais nova que eu? Você tá louco?

Eu mantenho as máscaras. A cirúrgica e a receptiva. Ele termina o dia querendo ainda mais a minha companhia.

Tenho um poder de comunicação bastante vaidoso. Converso, conto histórias, passando a impressão errada de que aceito o outro do jeitinho que ele acaba de se apresentar. Finalizei o trabalho, mas a amiga contratante manda mensagem pedindo que a espere. Chega com uma amiga, para a qual já fiz organize na casa, e sua filha de dois anos. Entram, tiram as máscaras, a ex-contratante me abraça calorosamente, pede que a filha me dê "oi", pergunta se a menina se lembra de mim. A criança me dá um abraço. Alma arregalada. Elas estavam num churrasco. Dissimulada de dever cumprido. A sensação de impotência é a mesma de ser acordada por um cara, que você está ficando há um tempo, com o pau dele dentro de você. Estamos em outro tempo histórico no discurso que, definitivamente, é o mesmo na ação. Inação. Você ainda não sabe que isso é estupro e você não diz nada na hora, nem no dia seguinte, nem pelos próximos anos. Estou de máscara na ameaça de ir embora. Não estou de máscara porque tem que se estar de máscara neste momento. Não sou chata assim, não. Estou de máscaras porque estou prestes a ir embora. Era o que queria passar para eles. Não sou insuportável. Mas não vou embora. Estou exausta e confusa em ser mal-educada ou insuportável. Vou embora cansada demais para sentir o abuso. Desvario pelo caminho. Retornaria daqui a uma semana.

Terceiro dia deste primeiro trabalho depois de oito meses em isolamento social e sem nenhum trabalho de organizer. O primeiro, claro, para alguém confiável, uma amiga confidente. Terça-feira, oito e meia da manhã. Estava com a chave do apartamento. Dei uma batida na porta, ouvi um "entra", peguei a chave, abri e entrei. Logo que você entra no apartamento, vê toda a sala, a cozinha e a área de serviço. Você via tudo e todos que ali estavam. Era a contratante sentada à mesa tomando um café — tinha feito uns pãezinhos de queijo para gente comer antes de começar a trabalhar, e como amigas confidentes, costumávamos tomar um café da manhã juntas, eu levava sempre um bolinho. Uma moça que limpava a casa com sua filha adolescente, a moradora provisória e um entregador do colchão que havia acabado de chegar também estavam lá. Todos compunham o cenário da negação. O entregador estava com o nariz para fora da máscara e o restante das pessoas estava sem máscaras, circulando falante pela casa; estavam felizes pela casa nova, pela saúde, pelo tempo que se conheciam, pela cumplicidade, por Deus ser tão generosos com eles. Minha alma se encheu de ódio. A moça que estava limpando a casa, que conhecia a contratante desde pequenininha, me achou demais:

— Filha, ela é demais, como eu gostei de você viu?

Era o meu poder de comunicação vaidoso. Naquele momento eu não gostava de ninguém que agisse como se não estivesse respirando o mesmo ar contaminado do nosso mundo que eu respirava. Por que a filha de dezessete anos estava junto com a mãe trabalhando? Havia uma intenção inacabada da menina ajudar na limpeza.

— Filha, passa o pano aqui, olha. — Era uma quina. Em dez segundos o paninho era passado, a menina voltava a se sentar no sofá, sem máscara e ficava olhando para o nada, desconfortável com sua inutilidade. Por que ela estava lá aglomerando depois de um trajeto de duas horas de ônibus?

Afundo minha atenção no armário da cozinha já organizado. Afundo e resolvo mudar as coisas de lugar. Acontece de descobrirmos no meio do fim que uma outra disposição é infinitamente mais prática no dia a dia. Estou em meu oásis. E de repente chega uma tempestade de areia colocando as duas mãos na minha cintura, chega com sua boca no meu cangote, em sussurro, sem máscara:

— Você viu o cinzeirinho? Será que posso fumar um cigarro aqui?

Camuflada de discreta. Ela não queria atrapalhar a contratante que estava numa videochamada na sala. E abordou o meu corpo com a cumplicidade de um assassino ao corpo que está prestes a matar.

Falta apenas um dia. Seria o dia das plantas, de replantar, de pendurar os quadros. Vai ser bom. Não acredito. Insuportável. E fui seguir com a minha semana, que seria a conclusão das aulas das crianças, com o dentista, que me fazia sempre sofrer. Seguir até que chegasse à finalização do trabalho nesta casa. Estava ficando linda:

— Olha a geladeira que chegou? Tô superfeliz, geladeira de gente rica. — Clandestina de humilde.

A semana. Quando a coisa está lá, ela se interliga a outras que surgem no aqui. No dia seguinte ao pedido do cinzeirinho, fui ao dentista. Ia sempre de bike. Chegando no consultório, ia direto ao banheiro lavar as mãos, o rosto e trocar a máscara. Neste dia, em frente ao banheiro do térreo, tinha um senhor pintando a parede, sem máscara. É o óbvio, é simples, apenas fale com a pessoa "poderia colocar a máscara, por favor?!". Mas essa situação já se apresentava tão escancarada. Tinha ali aquele conforto que envolve o abusador e, portanto, confunde a sua razão, te paralisa o ato de denunciar. Você teme ser agredida até mesmo fisicamente ao se posicionar. Sei que bufei internamente. Sei que não o cumprimentei e o olhei com ódio. Não falei. Sai do banheiro e me sentei no sofá à espera de ser chamada. Ele estava sempre no meu campo de visão. Enquanto eu estava lá, ele não se limitou à parede em frente ao banheiro. Ele desfilou pelo consultório analisando paredes, sem máscara, pegando água e bebendo diante da mesinha com água e café, sem máscara. Na mesinha ele pousou. De lá olhava o entorno. Bebia a água, jogava o copinho descartável fora, pegava um outro copo menor, colocava o café, bastante açúcar. E contemplava o entorno. Ali, onde eu havia acabado de pegar um cafezinho, em frente aos outros copos e garrafas, sem máscara. Ele flutuava. Era alto, magro, tinha uns cinquenta e cinco anos, elegante, tinha um bigode farto, pernas longas levemente arqueadas com os pés apontando para fora. A cada passo, o quadril caia um pouco para o lado. Era tanta segurança e charme que parecia que ele tinha o conhecimento da cura do coronavírus e já a havia utilizado em benefício próprio. Por muito pouco não me senti imunizada. Só me restava duvidar de mim. Deveria estar presa num mundo pandêmico que não existia mais. A recepcionista, que também era assistente da dentista, estava lá com uma máscara frouxa, olhando o celular e dando discretas gritantes risadas. Depois de um tempo, ele subiu as escadas que davam para as salas de atendimento. Ouvi umas conversas, a assistente e a dentista não estavam no térreo, ele desceu, olhou bem nos meus olhos, sem máscara, pensei no Charles Bronson.

— Pode subir.

Subi.

A assistente me esperava com o copinho descartável de antisséptico, sorriu, riu:

— Vamos lá! — Rindo um sorriso-riso que era da personagem achando graça do meu medo de dentista.

Com o corpo e a voz trêmula e embargada:

— Tem uma pessoa desfilando sem máscaras aqui no consultório. Isso é um absurdo.

Ela ainda me perguntou quem seria.

— O pintor.

Ela responde:

— Ah, claro, vou pedir pra ele colocar.

Eu fico pensando se preciso colocar aqui comentários sobre o posicionamento dela naquele momento. Eu estava fazendo um tratamento que seria longo. Dos quatro dias que estive no consultório, pelo menos em três, tive problemas de medo, de dor, de mal-estar. E um deles levei para casa depois de um canal feito e fiquei uma semana com a boca inchada sem conseguir comer por conta de alguma bactéria que infeccionou tudo. A única coisa que a dentista conseguia dizer sobre isso era:

— Mas não pode ser, não tem mais nervo.

Precisei mandar uma foto para ela ver o tamanho da minha cara e só assim me passar um antibiótico. Se não era o nervo, o que era, então? Tem outras coisas na minha boca, não? Naquele dia eu iria colocar um pino no dente para, num outro dia, colocar um dente de porcelana. A dentista chegou e começou a quebrar o meu dente para colocar o pino sem anestesia. Perguntei o que ela estava fazendo e ela disse que iria colocar o pino.

— Sem anestesia?

E ela respondeu:

— Ah, mas nem tem mais nervo o dente, não precisa de anestesia.

Claro, o pino seria colocado no nervo que não existia mais né, então por que anestesia se dentro da minha boca só existe um nervo que nem existe mais? Segundo esta dentista, a odontologia se resume a ter ou não nervo. Eu queria anestesia, ela bufou com som audível, pegou a anestesia com a má vontade de quem só acredita no conceito "ter ou não nervo" e começou a aplicar na minha gengiva. Senti um líquido escorrendo na minha boca. Ela estava fazendo de qualquer jeito. Levantei, disse "chega" e ela perguntou o que estava acontecendo, se eu estava muito nervosa naquele dia. Tive uma DR com ela, disse que cheguei tranquila, mas tinha um senhor circulando sem máscaras lá, ela retrucou dizendo que ele estava nos fundos, e a assistente quase que em cima da fala dela se posicionou:

— Eu já pedi pra ele colocar e ele colocou.

Tremendo, desconexa, como numa briga de casal que você tem medo de dizer tudo que pensa — porque tem dúvidas de tudo o que você pensa e já passou — comecei a misturar acontecimentos, disse que estava cansada dela duvidando de mim, ela retrucou dizendo que, no dia em que eu estivesse nervosa assim, que eu desmarcasse para ela não perder o horário de consulta. Silenciada de macho. Fui embora.

Tive a certeza de que ligaria para amiga da amiga e daria minhas condições de último dia de trabalho do organizer. Gostaria de estar lá sem que mais ninguém estivesse na casa e, caso alguém estivesse, deveria usar máscara. Mas só falei isso um dia antes de ir. O número de mortos por dia só crescia. Figuras públicas e jovens morrendo.

— Pode vir tranquila, ninguém vai estar aqui em casa. — Velada de prudente.

Fomos ao CEAGESP comprar as plantas de madrugada.

Controlar seu ser insuportável pode custar caro. Fazer um balanço da situação no momento em que ela se dá. Tenho flores aqui, vou replantar. Está tudo bem. Todos os mais singelos atos estão sendo percebidos, mas você tem plantas aqui, vai replantar, furar paredes e pendurar quadros e bandeiras e suportes. Neste dia realmente não estava ninguém em casa. Quando cheguei, nem mesmo a amiga moradora temporária. Forrei o chão, peguei a terra, os adubos, os vasos, fui mexendo aqui, ali, a contratante ficou um tempo. Tácita de mãe natureza. Depois foi pro quarto fazer seu home-office. A amiga moradora chega no início da tarde. Conta umas histórias, faz um café, senta e come um bolinho. Vai pro quarto. A contratante achou melhor tirar as panelas do armário debaixo da pia, era muito úmido. Estava lá mexendo nisso, quando a provisória sai do quarto em alerta:

— Gente, gente, põe a máscara! Meu namorado está sem olfato e paladar e eu cheguei ontem da casa dele. Eu estava de máscara porque eu estava fazendo a personagem "nem lembro que estou com ela para não parecer insuportável". A contratante nem ouviu, saiu do quarto depois de uma meia hora, foi avisada novamente e, neste momento, revirou os olhos, foi atravessando o corredor, chegou na sala, olhou o que tinha sido feito:

— Nossa, ficaram demais os quadros aí! Você arrasa.

A provisória continuava passando informações:

— Eu separei minha louça, tá ali no canto da bancada, passei álcool em tudo. — E num rompante... — Não, amiga, não pega essa garrafa peraí. Eu tava bebendo ela! — Mais uma revirada de olho, seguida de um respiro "ai que exagero", seguido algo direcionado a mim:

— Olha, esse aplicativo de plantas, você coloca a foto e eles falam com qual é. — Ela foi até o suporte ao lado da porta e pegou uma máscara. Colocou. Sentou no sofá e começou a pesquisar quadros para compor a casa. Coloquei água para ferver para fazer o cafezinho derradeiro da partida e balanço do serviço. Olhei para o sofá, ela já estava sem máscara. Ela sorriu:

— Tá muito lindo tudo. Vou chamar a Joana aqui no fim de semana, aí você também vem. Porque depois é Natal e na outra semana vou pro Rio passar a virada.

Rio de Janeiro, 280 pessoas com Covid na fila de um hospital à espera de um leito de UTI.

Uma pessoa dividindo seus desejos de mudança para 2021 me disse: "Desejo ser mais tolerante, as pessoas são contraditórias mesmo e diversas e lindas". Eu até fiz aquela carinha de que bonito isso, que pessoa mais evoluída, você tem razão. Essa foi a cara que fiz. Mas o que estava pensando era que nem ia perder tempo tentando ser tolerante com quem queima o Pantanal, mas chora quando vê a onça com a patinha queimada.

No último dia que vi o Instagram no ano, minha única contratante de serviço de organizer do ano um da pandemia estava com tranças no cabelo que cobriam os seios em topless. Na praia de uma cidade que segue no topo do ranking de mortes pela Covid-19 no Brasil. Quando se nega, o tempo é um delírio. No pano de fundo, pessoas caminham sem máscara. A legenda da foto: "Lembranças futuras de um passado bom".

Número de mortes diárias por coronavírus: 1288. Presidente do Brasil pula do barco no dia 31 de dezembro, nas águas da Praia Grande e provoca aglomeração. Lembranças futuras de um passado em delírio.

Meus pertences favoritos

A tranquilidade poderia ser justificada pelo estado de origem ou propriamente por sua ignorância divina. Nunca conseguiriam definir de onde vinha.

Há quinze anos, dona Nila saiu de sua cidade Quixeramobim, no Ceará, e veio a São Paulo, seguindo um de seus filhos que lá já morava. Passou a trabalhar na mesma casa de família que o filho Joaquim. Era uma numerosa e bem-estruturada família: Rogério e Verônica, na casa dos sessenta anos, e seus quatro filhos, João, Ulisses, Clara e Luiza.

A função de Joaquim na casa não era definida. Jardinava, fazia churrascos e grandes feijoadas se atracava com a cozinheira e, ao servir o jantar, noticiava os últimos acontecimentos ouvidos na televisão da cozinha que sempre estava ligada.

Arrumadeira e lavadeira foram as funções destinadas à dona Nila. Entretanto, essa senhorinha pequenina, magrinha, bem-formadinha, de passos leves e silenciosos, desempenhava muitas outras funções e, ao mesmo tempo, nenhuma outra. Às vezes, não desempenhava nem mesmo o papel para o qual foi contratada.

Sua presença sugeria uma vivência de mais de trinta anos dentro daquele lar. Já havia chegado envelhecida, mas, ao olhar para a senhorinha, sentia-se que o tempo dela se perdera naquela casa. Nila vivia a contemplar. Antes de qualquer ação, focava algo à sua volta e contemplava. Contemplava as paredes antes de tirar suas teias, o fogão antes de ligar o fogo, o armário da pia antes de pegar a panela e pôr no fogo, o milho antes de decidir comê-lo ou não. Contemplava o ar antes de caminhar sem destino pelo corredor dos quartos e as lixeiras antes de pegar os restos. As lixeiras eram o que mais apreciava contemplar. Tinha um olhar apurado para esses recipientes de banheiros, cozinhas e calçadas. Não dispensava nenhuma sacola, garrafa pet, calcinha, tupperware, cadernos com algumas folhas vazias, caixinhas de presente, fitas de cetim, buchas de banho mofadas, guarda-chuvas quebrados ou caixinhas de CD que os patrões se desfaziam. Tudo parecia de valor para Nila. Na verdade, não utilizava nenhuma de suas novas aquisições. Não tinha como hábito arrumar os pertences quebrados. Apenas os guardava, ao lado da lavanderia, em frente ao seu quarto.

Muitas vezes, de tanto contemplar, esquecia-se de seu intento e partia vagarosamente a outro destino, que, em certo momento, se tornava perfeito a se contemplar. Seu olhar em geral não soava curioso ou apurado, mas, sim, intrigante aos que contemplavam sua delicada contemplação.

Antes de dormir, não pensava sobre seu dia, suas realizações, projetos ou Deus. Deitava-se com a calma daqueles que tudo cumprem e nada almejam. E, assim, antes de cair em sono profundo, contemplava o vulto de seu móvel a setenta centímetros de distância da sua cara.

Dormia bastante. Dez horas diárias, ininterruptas, de um sono bucólico, de lindas paisagens, esquecidas logo que seus olhos se abriam. Não saberia relatar uma noite sequer em sua vida que tivesse perdido o sono. Até então.

Numa noite fria de julho, Nila não conseguiu pregar os olhos. Clara, a filha mais velha de Rogério e Verônica, doente por organização, anunciou em certo jantar que iria dar uma geral nos cômodos esquecidos do andar de baixo da casa. Ninguém da família tinha como hábito desfazer-se do que não mais necessitava ou organizar o que lá estava, ao ponto de nada ser desperdiçado. Por vinte horas, a garota, sem nenhum vestígio de hesitação, desfez-se de mais de sessenta por cento de tudo que apinhava aqueles cômodos. Um mundo de matérias passadas, mofadas, roídas, dispensadas, perdidas, foram expulsas do esquecimento. Trinta metros quadrados de lixo empilhado preencheram o quintal da casa. Enquanto o exorcismo dos cômodos se fazia, Nila não conseguia mais manter a condição de apática contempladora. Espreitava a arrumação, seus passos ficaram mais ágeis, seu olhar mais vivo. Por vezes, chegava bem pertinho e, passando a mão aberta em toda a a face, como quem deseja acordar ou certificar-se de tamanha miragem à sua frente, murmurava:

— Nossa, fia, quanta coisa... Minha Nossa Senhora! Tá arrumando tudinho, né? Vige minha Nossa Senhora... É fia, foi...

Já era noite quando a arrumação acabou. Sacos de lixo de cem litros forravam o quintal. Nila, em sua cama, tornou-se perceptiva de cada inaudível ruído. Revirava-se insone na cama, pensando no lixo, desejando adentrar-se nos entulhos. Sabia que o faria. Vasculharia os sacos, minuciosamente. A ansiedade vinha da promessa de descobrimento de itens incontáveis e da espera pelo momento que a casa toda estaria dormindo e, assim, a aventura se consumaria. As imagens dos objetos vistos naquela tarde não saíam de sua cabeça. Estavam todos lá, naqueles sacos pretos. Quanto desperdício!

Pensava muito numa caixa em tons pastéis com motivos de antiguidades (calhambeques, relógios, bicicletas de três rodas, bússolas). Era linda e só estava um pouco úmida e roída na base. Um porta-cacarecos, com três gavetas, também a assombrava. Faltava uma gaveta, mas não importava, poderia contemplar as outras duas. Levantou-se da cama por volta das quatro da manhã, certificada de que a casa inteira dormia. Estava frio, mas tremia mais do que a temperatura pedia. Tremia excitada e não se agasalhou. Sabia sem saber explicar que era um frio da alma, que eram calafrios de uma promessa.

Como um ratinho, cheirando todo o caminho por onde passa, Nila revirou o lixo. Tinha mãozinhas envelhecidas e delicadas, unhas pintadas com um esmalte rosa levemente metalizado, o seu toque opunha-se às suas passadas largas e desbravadoras sobre os sacos. Fuçou incansavelmente até se perder. Desesperava-se por minutos e voltava a fuçar. A mão aberta pela sua cara. Depois da primeira hora de investigação, já suada, ofegante e confusa, sentou-se numa caixa de notas fiscais roídas e verteu lágrimas. Era muita coisa. Não teria tempo de contemplar cada decisão sua. Precisa agir com rapidez. Era madrugada de sábado para domingo, o lixeiro passaria na segunda. Tinha apenas aquela noite e a próxima para escolher o mais importante entre todos aqueles mimos usados. Teria que resolver naquela madrugada por sentir-se angustiada com a ideia de passar mais um dia angustiada, mais uma noite insone, esperançosa em tomar posse desses presentes inesperados.

Amanheceu e Nila via apenas ideias fora dos sacos. Ideias do que poderia agora pertencer ao seu arsenal de entulhos. A casa acordaria. Precisava decidir o que mais lhe apetecia e fechar todos os sacos que estavam revirados. Não conseguia. Atravessou o mar de plásticos negros e parou a cinquenta metros de uma calha que há tempos já enferrujava num cantinho do quintal. Contemplou-a, desta vez aos prantos e, aos poucos, foi se acalmando.

Não faltava muito para os patrões se levantarem para o café da manhã. Nila não conseguira escolher nada, muito menos organizar o vendaval que provocou no quintal. Não conseguiria resolver isso sozinha e, tendo tamanha certeza do desperdício escancarado naquele quintal, não hesitou por minuto sequer. Após ouvir o barulho da louça manuseada na cozinha, seguiu para falar com dona Verônica. Precisava compartilhar, assim como um urubu-rei sociável que frequenta a carniça com outros urubus; quando aberta a carcaça, outras aves se aproximam e aproveitam para se alimentar também.

— Dona Verônica, olha, tem muita coisa que Clarinha jogou fora, que não sei, não. Tem que dá uma olhada nas coisa da senhora. Sei não, tem que vê.

Dona Verônica acompanhou Nila até o quintal. Olhou por cima e muito mais para se enturmar com a arrumadeira que pela perplexidade dos desfeitos, demonstrou surpresa ao deparar-se com alguns pertences. Ainda tímida, sem muita propriedade desse personagem que sentia precisar incorporar naquele momento, puxou uma apostila amarelada, úmida. A lembrança de uma época boa em sua vida a fez questionar a necessidade desta arrumação, agora sentida como descabida. Aos poucos Verônica foi se sentindo à vontade e cegamente adentrou no entulho querendo guardar tudo aquilo que já havia passado. Nila e Verônica começaram a falar ao mesmo tempo, tamanha a indignação. Pensavam estar conversando, mas ninguém ali se ouvia. Rogério já estava à espreita do lixão quando seus filhos acordaram. Aos poucos todos foram se juntando à carcaça aberta, exceto Clara, que exausta do dia anterior, ainda dormia. Verônica e Nila já estavam no plano da entrega. A princípio ninguém entendeu. Os olhares eram perscrutadores, os passos vagarosos, havia repúdio, tropeços, muita cautela. Entretanto, vestígios do passado foram sendo descobertos pelos retardatários. E, em menos de cinco minutos, a casa toda, com seus bicos de carne e suas narinas vazadas, farejava o lixo. Pareciam três vezes maior do que o maior em estatura de sua espécie e, ao mesmo tempo, rastejavam. Fuçavam tudo. Separavam tudo. Relembravam tudo. Falavam tudo para o nada.

A noite mal dormida de Nila tinha embasamento naquele momento. A arrumadeirinha estava esfuziante e arriscava, vez ou outra, sacar algum objeto e mostrar à patroa ou a um dos filhos:

— E esse aqui, fia...? Ói... Vige minha Nossa Senhora! Esse aqui tá bom ainda. É... Foi... Danada, essa menina.

Nila não ficava sem resposta:

— Nossa, é mesmo dona Nila.

Mas ninguém a ouvia. Nem a olhavam na cara. Ninguém se ouvia, ninguém se olhava, estavam todos curvados. Todos afundados isoladamente em seu próprio lixo. Às vezes, rolava um olho grande no entulho do vizinho. Entretanto, a cobiça descarada era sempre reprimida. Foram bem educados na infância.

Exaustos, estavam todos exaustos. Alguns seguravam nas mãos o lixo; outros, além das próprias mãos, escolheram um canto do quintal para empilhar a mesquinhez e nunca deixavam de vigiá-la.

E como num bocejo, depois de uma hora e meia de busca, todos foram se contagiando por uma insatisfação. Queriam tudo aquilo, mas não sabiam se queriam tudo aquilo. Parte em pé, a outra sentada, paralisaram. Focaram em algo e contemplaram. Alguns, assim como Nila, verteram lágrimas, outros não sabiam chorar. Nila, segurando a caixa com motivos de antiguidade, sua única certeza perante tantas incertezas, voltou-se à velha calha enferrujada e a contemplou.

II.

O entusiasmo é, por excelência, a arma dos impotentes.
FRANTZ FANON

Principais achados na iminente morte de um pobre

O desocupado torna-se repetitivo, o que é uma característica um tanto desagradável e consequentemente chata. O portador da patologia não pode ser apenas repetitivo, ou desagradável, e até mesmo isoladamente chato. Possuindo qualquer uma destas enfermidades, toma posse fatalmente das outras, fedendo assim os ambientes por onde passa.

Estudos indicam que a desocupação pode ser um estado permanente, espiritual ou genético. Ou, pode ainda se apresentar, como um estado temporário, de um desocupado propriamente dito ou não dito.

Desocupado propriamente dito é aquele que não trabalha. Propriamente dito porque, em consequência do ócio, sua energia é voltada à observação e se, por acaso, o vazio da falta de compromisso não tiver desenvolvido sua visão periférica, este pode se tornar um desocupado correspondente, para o qual todas as notícias que recebe, ou mesmo pesquisa, são repassadas na íntegra, com todos os pontos e vírgulas, sem muita reflexão, apenas com o peso da tragédia.

Sim. O desocupado é trágico, excessivo, caótico.

Ele se encanta com tudo e escolhe algo ali ou acolá para guerrilhar. O desocupado é sempre militante de causas, digamos assim, familiares. Falam excessivamente.

Estudos apontam que esse seja o desocupado permanente, formado até os cinco anos de idade.

Desocupado não dito é o sujeito que produz, ganha dinheiro, viaja, estuda. Este normalmente tem visão periférica. Muitas vezes, não da própria vida. Apenas da vida do outro. Seu vazio, aparentemente preenchido, também tem atmosfera trágica. Dinheiro, museus conhecidos, mestrados são desfocados, sem propósito, e o sentido de tudo isso é encontrado nos deslizes dos outros.

Podemos dizer que temporária é a classificação destinada àqueles acometidos por súbita desilusão ou tristeza. Os desocupados propriamente ditos ou não ditos da classe temporária estão desiludidos, mas não o são. São seres que precisam passar por este miserável lazer das tardes ensolaradas de churrasco e cerveja, nas quais nada se reflete ou se contempla. Nesta fase ele pode causar danos à vida alheia. Estes danos podem ser permanentes e muitas vezes carregam essa culpa pelo resto da vida, mesmo que no momento atual estejam na condição de não desocupado.

Um dia tendo sido desocupado, o sujeito viverá com esse fantasma, precisando, assim, se precaver. Há riscos de recorrência.

Acreditam que de todos os desocupados esse é o mais lúcido. Por conseguir controlar a doença, vencendo a fase do surto, pode observar de fora e perceber o quão desagradável é o sujeito portador da desocupação. Sente repulsa, parece já ter ouvido milhões de vezes as mesmas histórias, que de fato devem ter sido contadas no mínimo três vezes, e que além da repetição habitual e pessoal de cada desocupado, são histórias muito parecidas entre si. Focam em questões semelhantes, o que dá uma sensação de eternidade. Seguem *guidelines* do ócio filosófico.

Segundo pesquisas, ninguém gosta de pessoas assim. Na morte não costumam ser velados, sendo que aproximadamente vinte por cento são enterrados como indigentes.

Sendo assim, esta é a vantagem dos temporários em relação às outras classes que, sem dúvida, ocupam posição privilegiada dentro desta patologia, tendo a opção de permanecer em tratamento ou não.

Existem grandes riscos de não adesão ao tratamento. É necessário acompanhamento reflexivo permanente.

Vale lembrar que os especialistas do estudo de desocupação não classificam como desocupados aqueles que realmente vão às ruas reivindicar por algo que acreditam, fazem ou gostariam de fazer uso com segurança. Estes se locomovem, lutam pela própria segurança e liberdade.

O desocupado propriamente dito ou não dito, permanente ou temporário não consegue fazer nada por si. Sua máscara é viver pelo outro, sendo assim sua principal comorbidade é a compaixão. O ponto final de cada crítica desocupada é formado pela equação: VÍRGULA + ADJETIVO "TADINHO" + RETICÊNCIAS.

Condena, justifica-se e pede desculpas a esmo. Tenta aceitar a si mesmo por vias tortas, por meio de uma compaixão hipócrita, visto que esta compaixão não reflexiva o torna aparentemente maior do que seus condenados, porém menor que si mesmo.

A desocupação é uma doença autoimune. Dizem que os medicamentos biológicos podem ganhar o mercado, pois trazem a promessa de um olhar para si mesmo.

Diante dos achados, pode-se concluir que são indivíduos batizados, portadores genéticos de cinto de castidade, moral e ética, provindos dos primórdios da humanidade.

Cinco cópias do seu sonho

Entusiastas do passado chegam aqui neste milênio de obrigatoriedade do presente. Chegaram. Estão aqui. O passado para estes pode facilmente se estruturar em fundamentos invertidos, na medida que enquadram inverdades nas fotos. Optam por expor sempre as imagens essencialmente nítidas de irrealidade. Côncavo ou convexo, a edição estática registrada ali, somente ela interessa. O que se move no inverso não. O que se movimenta não é uma opção de relato. O que inverte os sentidos também não. É possível espremer alguma autenticidade nestes registros. Há possibilidade de corroborar verdades, mesmo que frágeis, do que se escapa do estático. Porém, se entusiastas são, negligenciam o relato, voltando ao marco zero das inverdades.

Entusiastas insistem no sonho óbvio em vigília. Sentem-se menos impotentes sob um espectro cimentado no foco que só pode ser ajustado nas funções de uma máquina.

Nada está além. Muito menos muito além. Porque tudo é lembrado. Cada detalhe, cada momento. Os entusiastas gostam de quando em quando de brincar de esquecidos, dando crédito a algum pormenor apontado por um colega do mesmo grupo fanático. Brincam de fingir que algo do passado os escapou. Sem perceber que suas máscaras cirúrgicas estão nos olhos. Escapou mesmo. Tudo lhes escapou. Não enxergam. E se deitam para dormir com os lábios ainda sorrindo lembranças. E acordam, por excelência, impotentes no presente.

Existem outras formas de se visitar o passado: em análise, sem euforia e com a coragem fria de um montanhista. Se a visita se der em estado de quimera, o presente carrega o futuro para o vazio.

***

"Todos os perfumes da Arábia não purificariam esta pequena mão."

Se você procura o nome dela na internet, não é a imagem dela que aparece. Uma foto. Mas o nome é o dela, e não de um outro com o mesmo nome dela. Entende? É o dela mesmo, mas envolvido em algo que não pertencia a suas experiências. Fui altamente investigada e interrogada antes de chegar à primeira visita à sua casa. Ela precisava se certificar de que eu estava do lado certo da história e, assim, permitir que testemunhasse parte do sonho em desvelo que atualmente vivia. Estando lá, naquele momento, presenciaria seu passado nitidamente enquadrado por ela e por parte da história do país. O lado certo da história do país. Ex-secretária de nosso ex-presidente da República. Ela o conhecia desde a época dos sindicatos, estando com ele em Brasília em seus dois mandatos. O nome dela ficou marcado por uma notícia falsa que a difamava. Depois de anos, resolveu se desligar da vida pública e começar a trilhar um caminho, digamos, mais sublimado.

"Que vergonha, um soldado ter medo? O que está feito não pode ser desfeito."

A situação narrada no vislumbre do acontecimento futuro era sucesso. Organizar a casa desta pessoa? Meu indicador e polegar das duas mãos já se petrificaram em formato de "L". Era euforia, ansiedade, era avistar a entrega de uma carta a ela endereçada ao meu querido ex-presidente preso. Ele responderia. Era sonho livre.

Tudo embuste. A realidade que seria vivida era um Power Point mal-feito.

"Uma! Duas! Está bem, já é tempo de fazer."

Estava lá para gostar mais dela do que do meu gato. Inicialmente não havia espaço dentro de mim para a desconfiança habitual da personalidade de qualquer ser humano. Todos iniciam sua trajetória em meu convívio com pontuação zerada e, no decorrer, podem ganhar pontos ou não. Ela tinha inconteste nota máxima. Não conseguia nem pensar: "Quais serão suas condutas e pensamentos mais imorais?". Não houve frêmito de pensamento tão vil. Eu era uma desempregada obediente perante sua história editada. Mesmo sabendo que estar em contato e crer em alguém que presenciou a história acontecendo tão de perto é impertinente. A desconfiança pode aniquilar toda a presença idealizada no convívio. Mas não. Imagina, nunca pensaria isso. Mesmo sabendo que não é parte atuante da história, o corpo pode sentir os acontecimentos em distanciamento impotente.

E sentiu. E ganhou forma delirante única quando se iniciou o entendimento da pessoa que me contratou, aquela que fez parte de um mundo que me interessava em comum acordo. Essa pessoa não fazia parte de esquemas políticos escusos, receio infelizmente pontual a pessoas ligadas a grandes nomes da política. Ela era apenas, e simplesmente e unicamente e talvez ingenuamente, uma pessoa chata, agarrada a um passado infinito de fotos a esmo espalhadas pela casa.

Todas as pessoas agradáveis se parecem entre si, as desagradáveis são cada uma à sua maneira. A chatice dela estava completamente atrelada à carência e à culpa. A carência era nítida, da culpa só havia especulação. De culpa não se fala, apenas respira-se.

É impressionante como a qualidade de ser chata em alguém pode anular qualquer virtude. Ser chata. Ela precisava falar excessivamente sobre o que precisava acreditar. "Estas mãos nunca ficarão limpas". E eu precisava ouvir, em minha qualidade de não golpista, os motivos de ter sido a escolhida, os motivos dos interrogatórios incessantes antes de contratar meus serviços. A cada caixinha que tivesse o cheiro do passado público dela, precisaria ouvir os motivos. Eu me perdia nesse cheiro. Ela precisava falar, e eu era obrigada a ouvir aqueles deslumbres embotados dos sonhos de quem não se escuta. Setenta por cento do que tinha que organizar eram registros do passado, registros repetidos. Fotos enormes com cinco cópias cada. Uma cópia em cada cômodo da casa. No meio de roupas, de plantas, de brinquedos, de livros, de louças. E cada tropeço em uma foto:

— Viu por que não poderia ser qualquer um para trabalhar aqui?

"Por que ter medo de que acabem sabendo quando ninguém pode pedir contas ao nosso poder?"

Era o comentário da foto, a história da foto e um lapso de pensamento no futuro. Vamos reconhecer que ela conseguia sair do passado. Conseguia sim. Seu futuro seria monástico. Tinha tapetes de yoga em toda a casa, plantas, livros de culinária específicas, ervas, alimentos, fios, uma promessa. Mas tudo isso estava passado ou morto. As plantas mortas, sem poda, as folhas que caiam secas escondiam a terra compactada e velha dos vasos. Tapetes de yoga em excesso, fechados, novos, esburacados, livros soterrados em sacos de terra no banheiro dos fundos, ervas medicinais secas em sacos amassados e desbotados, alimentos vencidos, fios eletrônicos que não se conectavam a nada.

"... está enterrado. Não pode sair da sepultura."

Existe algo que realmente me deixa desestruturada fazendo este trabalho. Valorizo minha aptidão, mesmo. Mas ainda me desassossego apontando radicalmente, em minha mente — claro, sempre, só ali no meu privado — apontando a falta de caráter de uma pessoa que deixa cômodos ou geladeiras em estado de desastre nuclear. Alimentos vencidos. Qual a possibilidade de haver vida nestes espaços? O desejo é ofender a pessoa. Mas permaneço limpando como uma máquina e quando preciso cruzar o olhar ou as palavras com a pessoa, sorrio. Sobrevivência? Hipocrisia? Obsessão com a possibilidade daquele desastre não deixar vestígios de que existiu. Desperdício. Talvez tenha chegado o momento de ser indelicada aqui, não era possível o cheiro que saía daquela geladeira. Impossível acreditar em qualquer possibilidade de futuro ao ser aberta aquela geladeira. Eram necessárias máscaras de proteção:

— Não, este daí ainda dá para comer. Você sabe como são essas coisas de validade. Não é bem assim, eles exageram. Vou fazer hoje. Desperdício.

O que eu sei é que você mente, que você compra coisas em demasia, não dá conta de comer e só depois que nasce uma flor de mofo no alimento, apodrecendo grande parte dos outros alimentos da geladeira, você pede para "a menina que ajuda lá em casa" jogar fora, e usa aquela sua voz de "a culpa é sua". Depois disso, você estende seu tapete de yoga vegano e medita na sala. Mas da sua sala, eu sinto o cheiro da geladeira quando aberta. Você não sente? Você não só compra alimentos em excesso como revela cópias e cópias das mesmas fotos, e as perde de vista esmagadas pelo pé de um móvel, assim como compra centenas de vasos de plantas e não as alimenta... Você não consegue nem enfrentar o que estas fotos revelam e fica dizendo aí do desejo de se organizar a cada meia hora de histórias sobre o seu passado esmagado num pé de um móvel que você deseja doar. Você me disse coisas horrorosas de seu tempo público. Relatou situações absurdas junto àqueles abutres machos brancos com quem durante muito tempo você escolheu conviver, por convicção. Para meu alívio, nossos queridos presidente, presidenta e prefeito gato estavam salvos, em suas palavras, lembranças destas condutas tão indignas. Mas eu via em seus olhos medrosos uma cúmplice. Olhos redondos, alertas ao que se fazia acreditar.

"Basta, meu senhor, basta. Estragas tudo por causa de sobressaltos."

Não cabe mais nada nesta geladeira. Yoga nenhum vai limpá-la. Não é para você sentar aí em um dos seus quinze tapetes de yoga para se purificar não. Vai até a sua geladeira, abre, olha bem tudo que você comprou sem necessidade, tudo que você não come nem nunca comeu, nem nunca vai comer, entenda o porquê deste seu desperdício disperso, inconsciente e inconsequente, cheira tudo, põe o nariz em tudo, ouve o que eu estou te falando, sua geladeira fede, ela não conserva por toda a eternidade essa sua boa vontade em criar consciência rasa do que te cerca. Ainda não está sentindo o cheiro? Come então este mofo que está tomando conta destes legumes, come então o que está neste tupperware que nem conseguimos mais identificar o que foi. O que era isso? Não minta! Me fala o que era isso que está aqui dentro deste pote. Me fala. Você nem consegue falar o que era. Você nem lembra. Mas te deixo aí na armadilha de tentar inventar uma história para esta sua porcaria. Eu posso tirar uma foto da sua geladeira e revelar cinco cópias, o que acha? Pode ver essa imagem de mofo aí e fantasiar uma rosa de Hiroshima. E pouco interessa o que foi esse lixo refrigerado. Interessa o que é agora, neste momento. É catinguento. Joga fora. A desonestidade tem tantas vias. A quimera é uma delas. A culpa ocultada tem várias vias, uma delas é a desonestidade. Tudo emaranhado forma uma esfera que te transforma numa chata!

Mas este discurso foi o meu sonho em vigília. Eu fui silêncio. Consegui apenas, e simplesmente e unicamente e talvez ingenuamente, ser obediente ao silêncio perante a Babel.

"Lave tuas mãos, veste tua camisola, não fiques tão pálido... Estou repetindo..."

Vestiam panos leves

O povo da mercadoria. É como os índios chamam os brancos. Queimo em constrangimento, quero cantar uma música qualquer para fugir desse assunto quando mencionado. Eu, que nem branca sou, queimo em carapuça, porque a única relação com o mundo que me foi permitida conhecer veio dessa genocida ocidental. E eu, que nem branca sou, sou aquela que mais tem que se preocupar, aqui, neste território civilizado com a mercadoria que me apresento para o mundo.

Lembro-me da roupa que decidi vestir para a visita prévia à casa dessa cliente. Lembro do que escolhi vestir. O bairro, o cargo profissional, a cor da família, eu já sabia. Eram conhecidos de um amigo recém-mudado para o mesmo bairro. A escolha viria daí. Um bairro pós-moderno, ocasionalmente art déco. Parece sempre em movimento, fluido. Ela era chefe. Escolhi um look todo preto. Cafés, restaurantes, feiras, bares. De caminhar sempre displicente. Tinha uma filha de oito meses. Escolhi uma calça envelope e um body preto com uma única estampa cinza prateada, um David Bowie. Bairro jovem, branco. Caminham como yogues e de repente estacam para rirem bem grande, alto.

A escolha viria daí. Ela era atleta. Escolhi um tênis branco esporte. Ela era loira. Antiguidades, carnaval, tudo muito descolado, criativo. Um lapso aerado. Escolhi estar com o cabelo... fico confusa ocasionalmente do que poderia disfarçar melhor o que sou. Solto ou preso? Investi nele solto. Quando ele está num dia bom, penso que pode amenizar o impacto da minha cor. Já que alguns insistem em classificá-lo com o torto elogio de um "cabelo bom". Às vezes a gente se pega agarrada àqueles "algos" que segregam menos. Ter conhecimento histórico das engrenagens que oprimem não molda um ser preto com livre arbítrio. Quando em frente à cliente, o papo é entre iguais, a mente: "ela não pode me achar uma subalterna". Quando ela dá risada de uma piada: "ela deve ter se surpreendido com minha inteligência". Quando ela elogia meu cabelo: "espero que não encoste nele". A mercadoria que visto é fundamental, mais para mim que para vocês brancos, que inventaram toda essa merda. Meu RG nunca precisa ser pedido, ele é apresentado pela minha cor.

Dos lugares mais prazerosos de se trabalhar. Tinha uma bebê de oito meses na casa. Enquanto eu fazia a triagem das coisas, ela podia transitar livremente pela casa com o maior e mais doce sorriso do mundo. Ela me olhava e gritava e sorria e saia pelo chão. Se perdia pela casa. E de todas as mercadorias de grande valor monetário que toquei naqueles dias, a que ela mais se esbaldou foi a de menor: um vaso de terra. Apertava a terra, me olhava e gritava. Espalhava pelo chão e acariciava levemente a superfície de terra pincelada no piso branquinho. A dona da casa esteve presente em toda a organização, nas decisões detalhadas, o que costuma ser uma raridade e, com ela, a bebê engatinhando por perto, no chão. Tinha um cachorrinho na casa. Era ótimo ver a relação da bebê com ele. Caminhavam na mesma altura, se olhavam, de repente ela pincelava a mão sobre ele. Era tudo muito calmo. A sinhazinha do bem era serena, amamentava, fazia a comida saudável da filha, do cachorro, escolhia qual dos oito jogos de taça iria ficar calmamente, com uma lógica que pouco me interessava. Mercadoria. E eu olhava, lá de cima da escada, plantada com o armário aberto, olhava para ela, esperando a sua decisão. Eu sabia mais dela do que ela de mim. Olhava para a bebê sujando o chão de terra, de banana — ela apertava a banana, e o importante é deixar a criança livre para entender, desenvolver a coordenação —, se aproximando de alguma travessa de vidro separada para doação. Fluido. O sol entrava em todos os cômodos da casa. Via-o iluminando cada deslocar da bebê. Se caminhava pelo céu chegando a outro cômodo, logo a bebê estava lá — e o cachorrinho também. Eles se olhavam, se cheiravam. Um bebê Tarzan. Eu tirando roupas, bolsas, sapatos do alto dos armários, entregando à sinhazinha, que contava sua história e deixava escorrer a mercadoria que não queria das suas mãos num canto. Logo a bebê já estava ali, curiosa, em cima daquelas poucas mercadorias que pagariam seis aluguéis meus. Tudo numa caixa “doação”.

Eu e a sinhazinha sempre conversávamos no final do meu dia de trabalho na casa. Contava sobre meus projetos literários, sobre filmes e peças a que havia assistido no fim de semana. E eu continuava sabendo mais dela do que ela de mim. Arregalada, ouvia meus relatos. Cheguei a tomar um café da tarde com ela. Em alguns momentos, parávamos mutuamente, por segundos, só para observar a bebê explorando o chão ou concentrada em algum objeto. A mãe deveria prever um futuro cheio de sol para ela. Eu pensava que esta espécie bebê é linda de dar água nos olhos e na absurdez que era alguém decidir ter uma espécie desta, mesmo em casa de voal. Minha sinhazinha favorita. Digo com toda a ousadia que vos falta em reconhecer o racismo que este trabalho de organizer triturou aquele fiapo de dúvida em relação à minha negritude que insistem em encravar em mim. Dúvida. Sei. Sei não, sinto. Sinto. E os sentidos não me enganam. A minha razão vem do que sinto.

O caminho da ida era o caminho da volta. Na volta, sempre passava na casa de uma amiga — aquela que me indicou para este trabalho — e tomava um café. No último dia na casa da boa branca, decidi ir direto para minha casa. Mudei o lado da calçada neste dia, nesta volta. Um lapso aerado. Livre. Tinha acabado de anoitecer. Uns bares abertos, alguns modernos indo para academia, outros voltando do trabalho. Todos modernos. Todos. Sapato. Metade do meu aluguel. Alguns vestiam panos leves. Um pano, metade do meu aluguel. Feliz porque fui paga, porque fui bem tratada, com a paz que só uma boa organização concede, segui a rua dos restaurantes deste bairro de jovens com sandálias que custam metade do meu aluguel. O que mais me impressiona nas mercadorias deles são os sapatos. Eu sei que são muito caros. Eu arrumo as casas desses progressistas.

O que te faz estacar? O que faz estacar é o que se sente. Meu conhecimento vem dos sentidos. Eu fiquei. No cruzamento da rua dos bares modernos com a rua da casa do trabalho temporário, me mantive por três horas. Estacada. Não voltei para casa. Não tomei café na casa da amiga. Não gozei do fim de um bom organizer. O que te talha move-se para o lado oposto do que se vê? Há três metros da situação, o meu corpo automaticamente estacou, minha perna esquerda deu um passo para caminhar para a luz do sol. A luz do sol não segue a todos. Eu fui para frente. Porque meu conhecimento vem dos sentidos.

Naquele cruzamento não havia luz.

Eu fiquei e não foi para ver. Não sei dizer por que fiquei. Fui para frente. Um adolescente estava tendo uma convulsão no cruzamento. Um pré-adolescente debruçado sobre ele. Assustado. Para uma mulher atleta. Sentei-me no chão ao lado deles e fiquei. Não sei o que seria possível fazer naquele momento. Fiscalizar mesmo sem entendimento médico? Tentar fazer com que aquela situação anunciada, que acreditava não ter nada a ver com medicina, não acontecesse? Muitos moveram-se para o lado oposto. Outros ficaram. Mulheres. Nenhum homem. Uma mulher tatuada de mochila marrom para. Estaca. Eu estava apreensiva.

Eram todos brancos. Progressistas. Os meninos, assustados. Assim como eu, elas, nenhuma médica. Não sabiam como agir. Uma mulher com saia lápis preta e tênis para. O adolescente estava convulsionando e o primo já sabia do seu problema. Apesar de ser uma das mulheres para os meninos, eu estava apreensiva com o que poderia ouvir delas em relação a eles. Foram parando. Homens olhavam, paravam por segundos. Moviam-se para o outro lado.

— Coloque algo para apoiar a cabeça dele.

Ele estava babando no chão. Eram meninos pretos. Um deles tinha no bolso uma carteira do Corinthians com apenas um RG dentro. O mais novo não tinha nada nas mãos ou bolsos. Já somavam onze mulheres.

— Pode me dar licença?

Levanta a cabeça do menino, que estava deitado de bruços, e coloca um livro para ele apoiar a cabeça: O idiota: Dostoiéviski. Eu estava apreensiva.

— Quem chamou o SAMU? Não mexe nele até passar!

Os carros faziam a curva para desviar do corpo.

— Tenho quinze anos.

Elas permaneciam ali. Algumas mais ativas do que outras.

— Por que você não liga para a sua mãe? Cadê o seu telefone?

Ela perguntava onde estava o celular da criança. Eu estava apreensiva com o que poderia ouvir. As mulheres que ficaram não estavam ali para ver também, fiscalizavam. O mais novo não respondia e nesses momentos falava com o primo:

— Cara, acorda, acorda, cadê o seu remédio?

Um carro de polícia passa. Para. O mais novo insiste um pouco mais para o primo acordar. As mulheres em silêncio. Uma mulher para, está com o cachorro. O silêncio delas era ação. Estavam prontas. Eu estava sentada no chão ao lado deles.

— Onde vocês moram?

Eu permanecia estacada.

— Grajaú.

No chão.

— E o que vocês estão fazendo em Pinheiros?

E luz alguma para me seguir. O cachorro da mulher vai até o menino no chão e cheira o rosto dele. Eu era uma delas para eles, mas eu estava ouvindo a minha apreensão. A mulher puxa o cachorro pela coleira. O menino olha o cachorro e pincela a mão na sua própria baba. Alguém me olha.

— Ele precisa dizer o que o primo dele usou.

Um homem moderno para de bicicleta. O menino está acordando. Eles estavam de chinelos. Custam o café da manhã apressado que tomo na padaria. O que te faz caminhar sob a luz é o que te permite caminhar sob a luz. Naquele cruzamento não havia permissão. Um homem moderno de bicicleta para. Barba, calça cargo, tênis o preço do meu aluguel.

— Olha, querido, pode me falar, você precisa falar se ele usou alguma coisa.

O mais novo olha para cima.

— Ele toma remédio, tia. Ele tem isso sempre.

Um policial:

— Ele precisa falar, a gente precisa saber.

O menino cuja convulsão diminuía aos poucos arregala os olhos, tenta olhar para cima. Ele volta para baixo. A mulher e o cachorro foram embora. O outro tenta acordar seu primo.

— Boa noite, podem se afastar.

Onze mulheres imóveis, ninguém se movia. Apreensivas. Se olhavam. Eu olho para cima. Eu me levanto.

— Podem se afastar.

O moço da bicicleta chega mais perto. O SAMU não chega.

— O que está acontecendo?

Eu olho para baixo.

— Ele está tendo uma convulsão, não tomou o remédio.

Uma menina de oito meses rindo. Uma hippie chic para. Olha indignada, empática. Move-se para o outro lado. Um policial chama o menino. Num canto. Eu olho. Vou atrás. Só quero algumas informações dele.

— Ok, vou ficar aqui.

O moço de barba conversa com o outro policial.

— Qual é o seu nome?

As mulheres se movimentam.

— Só isso que você vai perguntar? A gente pode levá-los para o hospital.

As mulheres se movimentam.

— Não.

O policial começa a afastar o moço de barba com truculência. As mulheres se movem. Gritos.

— Pode todo mundo ir embora, a polícia resolve isso aqui. Saiam do meio da rua.

As onze mulheres se movimentam mais próximas do menino no chão. Estacam. Em silêncio. Um cachorro sem dono chega do outro lado da rua. Late. Eu me sento no chão.

— Vocês não vão sair daqui com eles.

Ele está voltando aos poucos.

— O remédio dele está na mochila.

— Onde está a mochila? Você torce para que time, cara? — perguntou o homem da bicicleta.

Está longe, num restaurante.

A mulher de saia lápis vai embora.

— Liga para sua mãe.

O cachorro rodeia e se deita próximo.

— Minha mãe é dependente.

— Vai buscar sua mochila.

Espera. Os policiais fecharam parte da rua com o carro.

— Liga para alguém.

A mulher tatuada vai embora. Silêncio. Os policiais olham da esquina. O SAMU não chega. O menino está tentando se sentar.

— Você precisa falar se ele usou alguma coisa.

Mais uma vai embora.

— Ele é doente, tia! Toma remédio. O remédio está na mochila!

O menino é levado para a calçada. O policial pede o RG dele. Eu pergunto para quê. Ele não responde. O primo pergunta se ele consegue andar.

— Vamos?!

O policial puxa a ficha de um menino que estava tendo uma convulsão na rua. Eu pergunto para quê. O menino sente frio. A menina do cooper dá o seu casaco, metade do meu aluguel, para ele. Os policiais vão embora.

— Tia, a verdade é que a gente tá numa casa desocupada aqui perto. Eu não podia falar. O remédio dele está lá.

O moço de barba empresta a bicicleta para ele buscar o remédio. O menino ainda não consegue andar. Ele volta e diz que não conseguiu pular o muro sozinho. O moço vai junto com ele. Eu fico com o menino e a mulher do Dostoiévski. Eles voltam. O menino está melhor. O cachorro vai embora. O moço da bicicleta vai embora. A mulher do "Dosto" vai embora. Eu vou embora. Os meninos vão embora. A rua já estava deserta. Sem luz.

Eles sabem mais de nós do que nós deles.

Zona morta

"Às vezes nós vemos alguns cadáveres no caminho. Eles permanecem da mesma forma que morreram. O motivo de muitos permanecerem lá... é muito caro trazê-los pra baixo. Suas peles estão completamente danificadas, em algumas partes os ossos são visíveis... em algumas partes eles são bastante pálidos. Tem lugares assim, que ficam um preto escuro, por causa do calor do sol... e a cor das roupas ficam desbotadas por causa da luz do sol. Normalmente estão em posição de dormir ou em posição de descansar."

Sentada no sofá, direcionou rapidamente o olhar a mim quando entrei na sala e me plantei ao lado da TV. Congelou com a mão levantada em sinal de espera e voltou a atenção para a tela.

"Quando escalei a face norte, eu vi um recente. Como ele estava congelado, tudo estava conservado, então parecia que eu estava vendo ali, a pessoa, as mãos, o rosto, tinha até uma expressão de vida ainda. Catalogados já tem uns quatrocentos corpos deixados no Everest. Muito corpo pra trazer de volta. Eu comecei a aprender a escalar em 2014. No meu vilarejo temos..."

Bárbara pausou o vídeo, levantou do sofá fazendo um som bem alto com a boca, se espreguiçando. Desligou a TV e antes mesmo de se apresentar, ainda absorta no que assistia, disse:

— Você pode não morrer escalando, mas, se for negligente, pode congelar um pé, uma mão e chegar até a perdê-los. Perder um olho... Tem que respeitar esse lugar, tem que respeitar o ritmo da montanha.

Havia acabado de chegar em uma fazenda de quatro hectares que cultiva há mais de quarenta anos frutas como amoras, framboesas, pitaya, figo, jabuticaba, pêssego, uvas tradicionais, das variedades Bordô, Isabel Niágara Branca, Niágara Rosada e Jaquez. Ficava localizada em Bueno Brandão, cidade no sul de Minas Gerais, a 1204 metros de altitude e 471 quilômetros de Belo Horizonte. Há dez anos, a produção de amora da Fazenda meu Recanto começou a crescer e sem mercado para escoamento da produção, seu Zico optou por produzir vinhos com a fruta. O fazendeiro aprimorou conhecimentos de frutas, vinhos, licores e cachaça pesquisando e testando receitas novas Nascia, então, a vinícola Aurora, com produtos de identidade própria.

Seu Zico era pai da mulher que me recebeu ainda impressionada com as escaladas do Everest. Bárbara entrou em contato comigo via grupo de trabalho do Facebook, procurando um serviço de personal organizer para a casa na fazenda do pai em Bueno Brandão, recém-viúvo de dona Aurora. Apenas o fazendeiro vivia lá junto aos empregados. Os dois filhos, além de Bárbara,Edson, viviam em São Paulo com a família. Tinha cinco netos.

O lugar era um cenário perfeito para uma novela do horário nobre, na qual as personagens apresentam para nós espectadores e até mesmo entre si apenas seus dramas mais ordinários por meio de textos de salas de estar de Ibsen. Mas o que era para ser realismo tornava-se uma comédia de costumes, dependendo do espectador que consumia as cenas. As personagens da casa me eram familiares, tanto pela minha cultura e conhecimento da teledramaturgia brasileira quanto pelo meu período universitário em Higienópolis.

Se os contratantes pudessem, em um lapso de fração de segundo, ter contato com o duplo e se mantivessem em padecimento contemplativo do que acontecia à volta — talvez eles tivessem, talvez pela minha visita, talvez pela mala com os ossos — estariam consequentemente em contato com a origem dos conflitos, com todas as forças profundas e ocultas que estão em potência em seus interiores. Enfiariam as cabeças dentro de suas vaginas ou cus e se rasgariam, revelando-se. Mas, habitualmente, o mantra yogi que se apoiam em sobrevivência todas as manhãs corre em negação no momento que despertam em negação: "eu vi, mas vou esquecer". E esquecem. Fogem da peste.

Ao aceitar a proposta, eu estaria submersa na peste. Estávamos no meio do ano e minhas finanças se resumiam a cinquenta reais semanais para comer, me locomover pela cidade ou comprar um Advil para aliviar a dor do canal não feito num dente. Bárbara enviou fotos e vídeos dos ambientes que precisavam do meu serviço. Conversamos bastante e dei o prazo de um mês para finalizar o trabalho. Eu ficaria hospedada na própria fazenda de segunda a quinta de cada uma destas quatro semanas. Chegaria domingo à noite na fazenda e retornaria quinta à noite para minha casa. Eu não tinha nenhuma indicação de quem seria a contratante e seus parceiros de casa e de vida. Ocasionalmente a anteface de aventureira é não mais do que necessidade. O perigo mora na fome.

Bárbara. Eu vou falar muito o nome dela. A moça chamada Bárbara numa fazenda era a personagem de Lúcia Veríssimo na novela *Salvador da Pátria* (1989). Bárbara, Lúcia, a fazenda, o cabelo repicado armado, um rosto pequeno numa moldura volumosa, sua cor, sua coragem eram o que aos nove anos eu almejava para a vida adulta. Nem me lembro da trajetória dessa personagem. Nem sei atribuir adjetivos inexistentes à personagem dentro da tal novela. Não me lembro de nada. Mas Bárbara, que era a Lúcia, era a mulher que aparecia recorrentemente nos meus sonhos. De costas, subindo uma rampa de universidade, com calça jeans semi baggy e camisa grossa, branca, de mangas compridas, bem largas. Os trajes eram diferentes da personagem. Mas era a Bárbara antes ou Lúcia durante. Eu sabia que Bárbara Lúcia era eu e não entendia por que meus cabelos estavam tão grandes no futuro. E soltos. E não como naquele presente da pré-adolescência, um cabelo vergonha, com bastante creme para domar qualquer fio que ousasse arrepiar, e mesmo assim ousava, passado a escova e preso num coque baixo na altura da nuca. Sempre fui a líder da sala, das zonas às defesas de causas sociais, da engraçada escancarada à cínica. Aquela que senta no fundo. E, ao contrário do que costumam pensar, sentar no fundo não era uma opção para ter privacidade — para prestar atenção na aula ou fazer o que bem quisesse. Transgressora? Não. O principal motivo era não sentir que a sala toda, ou uma única pessoa que fosse, estivesse olhando para o meu cabelo. Imaginava sempre alguém colocando um chiclete nele sem que eu percebesse. Imaginava uma dupla de alunos olhando bem próximo dele, rindo, com os movimentos bem escrupulosos, fazendo cara de mau cheiro ao sentir o perfume do excesso de creme domador de fios crespos indesejáveis. Ocasionalmente, uma mão brotava no meu cabelo e, surpresa, a boca dessa mão dizia: Nossa, é macio. Natural surpreender-se. Um cabelo com tal aparência não poderia reservar nenhuma mitigação.

A Bárbara possível, a nossa Bárbara aqui, tinha um e cinquenta e dois de altura. Corpo de linhas quadradas, sem curvas e magro. Cabelo talvez preto bem escuro. Digo talvez porque seus poucos fios na cabeça, por serem bem ralinhos, pareciam mais claros, como se a luz preenchesse os espaços entre os fios. O cabelo era sempre penteado na tentativa de se fazer volume, selvageria, charme, mas era o vazio que definia a tentativa da cabeleira. Bárbara atuava com charme apesar de não o ter em nenhuma de suas atuações em vida. Bárbara era incisiva, afiada, o que dava a ela um caráter autêntico. A autenticidade pode guardar certo charme. Mas o charme que Bárbara encenava era o da sedução *femme fatale*. Do flerte. E a tentativa malsucedida de se fazer sedutora acabava por cancelar suas vias autênticas, que poderiam, sem esforço algum, torná-la naturalmente magnética. Definitivamente, por não desempenhar bem este papel, acabava constrangendo até mesmo os que não eram alvo da sua sedução.

— O que você quer beber? Água, café? — perguntou Bárbara.

E direcionando-se para o nada, berrou:

— Ô Ana!

A Ana também é uma personagem que será muito visitada aqui. O chamamento a Ana também. Sempre virá como um espasmo, um rompante de uma conversa. Diria até que sempre surgia com um certo ódio. Um chamado de um nome que surge em assombro. A primeira letra "A" do nome vem em disparo e vai se prolongando num crescente até que acabe em seu último "A", decrescendo. O assombro da relação em que um deles é o vosmecê. No caminho da sala para a cozinha, Bárbara foi me apontando os lugares que eu já conhecia por fotos e vídeos:

— Tá vendo aqui, que te mostrei, vai ficar bom aqui aquele móvel que está no depósito. A gente vai descer lá. Meu pai daqui a pouco chega. Vai conhecê-lo, figuraça!

Foi falando como se tivéssemos nos encontrado ontem e pelo resto de nossa vida passada até aquele momento vivido. A Ana já estava na cozinha. Ruiva, com cabelos longos e volumosos de fato, sem espaços de luz entre os fios, corpo cheio, mãos bem pequenas, com pintas marrons, unhas curtas. Tinha certa lordose, usava calças de malhas bem justas e blusas curtas, o que deixava a bunda no limite da exposição. Ela sorria e ria sempre, tinha um senso de humor maldito afiadíssimo, mas que poderia passar despercebido pela sua doçura. Chamava as pessoas todas que conhecia, em seu primeiro contato, de "Mô", de amor. Era filha de Vanete, que trabalhava na casa há trinta anos e poderia ser classificada como uma empregada espectral. Vanete desempenhava alguns serviços simbólicos pela casa, não consegui definir quais durante o tempo que passei lá. Ben, o border collie que Bárbara acabou se desfazendo em algum momento da vida — em uma de suas viagens de férias de um mês pela Europa, deixou o cão lá e não pegou mais de volta — era o grande companheiro de Vanete. O cachorro tinha uma pata quebrada. A indicação médica seria amputá-la. Mas Bárbara decidiu não seguir a indicação, e todos os dias era necessário fazer um curativo na pata, que se arrastava pelo chão. Quando se via sangue pela casa, sabiam que tinham que trocar o curativo, pois o curativo anterior, esfacelado, deixava apenas a pele da pata do cão exposta. Vanete fazia isso. Como ele não cabia confortavelmente dentro do quarto dela, dormia na porta do seu quarto na senzala. O cão tinha o olhar mais condenatório do mundo.

Ana havia mudado para a fazenda com o marido, Cleiton, quando perderam a casa numa enchente. A família acolheu a filha e o genro de Vanete, e Ana passou a desempenhar o papel de cozinheira da casa. Ana não gostava de cozinhar, mas sabia fazer o básico. E a família, que ao mesmo tempo testava empregados antes da admissão (principalmente os cozinheiros pois, seu Zico e a filha eram extremamente enjoados para comida — Bárbara, praticamente todos os dias, só comia macarrão com caldo de feijão, e se chegasse à mesa o prato preparado de uma maneira que ela não aprovasse, costumava empurrá-lo para o centro da mesa com cara de desgosto) também era de inventar capacidades específicas a quem não as tinha. E assim fizeram para a nova não cozinheira. Bondade de Casa Grande, afinal Ana estava sem trabalho e moradia. Ana se tornaria uma grande amiga da vida, tivemos momentos de cumplicidade, do riso ao medo, nesse meu período na casa. Quando Ana não estava presente, e não era acionada por um berro, mas apenas citada numa conversa, usavam o diminutivo, Aninha. Usam o diminutivo para compelir afeto.

Serviram um café acompanhado de um queijo bem gostoso com doce de leite. Bárbara ofereceu o queijo dizendo que não suportava nem o cheiro, mas que as pessoas amavam. Ana me acompanhou com o olhar, caminhando até a despensa e deu uma pequena risada:

— Ela não gosta de nada, viu Mô?!

Visitamos toda a casa, repassando tudo o que já havia sido mostrado por fotos e vídeos. Esta noite já estaria instalada na fazenda para começar o trabalho no dia seguinte.

Conheci o quarto que ficaria por aqueles dias e me acomodei. Às oito da noite o jantar sempre servido, em ponto. Uma mesa para dezesseis pessoas, mas apenas eu, Bárbara e o pai jantaríamos naquela noite. Bárbara passaria a semana na fazenda para me direcionar no trabalho e na quinta voltaria para São Paulo. Desta vez, eu teria uma carona de volta para casa. E em vez de levar uma ajudante, a Ana ficaria encarregada dessa função. Seu Zico sentou-se à mesa sem camisa, de bermuda e chinelos. Tinha as unhas dos pés enormes. Talvez o diâmetro da barriga o impedisse de alcançá-las para r cortar. Os pés e tornozelos ressecados e escurecidos pela diabetes. Um bigode cheio, com algumas penugens de barba pelo rosto. Percebia-se que não era um homem de barba, que estava sem fazê-la há um tempo, mas que aquilo era o máximo que conseguia alcançar. Era um homem interessado pelo outro, que se divertia com as visões contrárias às dele, mas sempre as tratando como ingênuas. Senti, nesta temporada por lá, como se fosse uma espécie de amiguinha da filha dele, uma adolescente que, ao emitir opinião, recebia devolutivas faciais direcionadas a pessoas que ainda nada sabem sobre o mundo. Ele me fazia pensar com suas perguntas, que sempre me testavam. Perguntas muitas vezes que se resumiam num simples, insistente e infantil "Por quê?". Eu me desdobrava para explicar algo já explicado por si só. Me irritava e ao mesmo tempo me vigorava responder, responder e responder e jogar mais e mais perguntas a ele. O fazendeiro tratava com admiração paternal todas as sandices da filha. E ela entrava no jogo de filhinha do papai. Sorria para ele e, logo em seguida, para mim, como se dissesse "Tá vendo. Olha. Ele é demais. Nós somos cúmplices. Uma família unida, excêntrica e ao mesmo tempo simples". Em um mês, foram tantas discussões e histórias e ainda deu tempo de ouvir algumas histórias repetidas:

— Pai, conta aquela história da tia Fátima?

Na terceira vez que seria contada a história, eu tomei a liberdade de dizer que já sabia. Mesmo assim, eles davam uma contada resumida, porque para essas pessoas não interessa se o conteúdo que estão transmitindo é inédito ou não, mas tão somente o desejo de suprir a própria necessidade carente em falar, falar e falar. Às vezes as histórias eram contadas até de maneira rápida, sem pausas ou intenções, apenas para se cumprir a urgência do excesso, do sufoco, do vazio e, após o engasgo da pressa, já partiam para outro conto. De quando em quando, Bárbara só estava ouvindo o posicionamento do pai, mas inquieta, ansiosa para o seu momento de também se aliviar em palavras que alimentariam, sem que ela percebesse, o próprio vazio. E muitas vezes nem era sobre o assunto do momento. Vinha um corte seco para uma história antiga do colégio. Em suas histórias mais presunçosas, de virtude, quiçá inventadas, Bárbara dava uma fungada no nariz, de um dos lados apenas, levantado o lábio direito ao finalizar o conto de seu feito. Assim alimentava a cada exibição o próprio otimismo.

A janela do meu quarto dava para a entrada da casa. E, por volta das dez e meia da noite, ouvi um carro chegando. Alguém arrastando os chinelos pela casa foi abrir a porta:

— Eeeeee, Zizi!

— Minina, trouxe tia Nena

— O quê?

— Tá aqui na mala

— Como...?

— Oxi... Tê chegando do Rio. Tava com Zico e todo mundo lá...

Foi ficando difícil de ouvir o resto... Acho que foram para cozinha.

Minha primeira noite de sono num lugar desconhecido é sempre excelente. Claro, se o lugar é limpo. Já passei por situações em que o cenário se mostrava em algum aspecto desagradável, ou mesmo insalubre — uma infiltração, um cheiro suspeito no cobertor, água que sai marrom na primeira abertura de torneira — e despertava no dia seguinte com dores no corpo por conta da tensão da noite, por não conseguir me movimentar de nenhuma forma na cama, apreensiva com a possibilidade de ver um bicho ou de sentir um bicho se movimentando no meu corpo. E esta apreensão até faz com que eu sinta algo se movimentando em mim, começo a me coçar por algo que nem existe. Minha primeira noite de sono foi maravilhosa. Deitei tranquila, confortável, bem-alimentada, num quarto bem--equipado e limpo. Entretanto, um pesadelo me acordou no meio da noite. No sonho eu estava amaldiçoada. Era assim que as pessoas se referiam a mim. Vinham para tirar espíritos ruins do meu corpo e eu sentia calafrios que se iniciavam no pescoço e desciam até o cóccix. Quando estava chegando ao final das minhas costas, eu sentia uma sensação de morte. Ouvi esse termo depois de muito tempo ter agonizado após tomar Plasil por infusão. Um enfermeiro me disse que o termo técnico para o que eu sentia era "sensação de morte" e, portanto, eu nunca mais poderia tomar Plasil na veia porque corria risco de vida ao agonizar daquela maneira:

— Não posso te deixar sair daqui e tomar um ar, você pode querer bater a cabeça na parede, sofrer um acidente por conta da agonia — disse o enfermeiro.

Era mais ou menos isso no sonho. Eu dizia:

— Está entrando em mim.

E as pessoas em alvoroço se revezavam para tirarem os encostos de mim. Eram muitos. Assim que saía um, vinha novamente o calafrio descendo do pescoço e então... um salto, um grito, um choro, meu. E também dos outros que à minha volta pareciam estar diante de uma bruxa cujo destino em breve seria a fogueira. Meu gato estava no sonho e claramente quis me ajudar. Ele encontrou uma boneca de vodu minha num canto da casa e veio em minha direção, me entregar. Porém, uma mulher amiga, que eu sabia ser minha inimiga, pegou meu gato e o jogou pela janela.

Olhando para mim, ela pegou a boneca sorrindo e arrancou sua cabeça. Eu acordei sufocada e, quando voltou meu ar, chorei. Gosto de ter pesadelos. Tentei falar com uma amiga, que sempre está acordada de madrugada, para me acalmar. Ela não respondeu a mensagem. Resolvi sair do quarto, bem discretamente, ainda sufocada. Caminhei pela casa, com medo e encantada com o sonho. Ouvi um barulho e fui me aproximando da sala...

"No alto da montanha, ficamos muito cansados, se não tivermos oxigênio suficiente, nós ficamos exaustos. Nós pegamos no sono se estivermos cansados e podemos nunca mais acordar. Do campo quatro até o topo, nós levamos um cilindro de oxigênio com uma pressão de três mil. Nós carregamos e os usamos até o topo e, no caminho de volta, para baixo, usamos o mesmo cilindro. Nós precisamos usar os cilindros de oxigênio no topo. Sem o cilindro de oxigênio não é possível. Nós conseguimos respirar sem os cilindros de cinco a dez minutos. Mas é bem difícil, dois ou três minutos tudo bem, mas conseguimos sentir que nosso corpo está ficando cada vez mais fraco se não há oxigênio. Ficamos no máximo de cinco a dez minutos..."

— Zizi, estes são os sherpas. Eles vivem a uma altitude igual ao maior pico da Europa. Se tornaram carregadores desses alpinistas. No final das contas, eles permitiram que os alpinistas subissem mais alto com seus equipamentos. São amigáveis, comem tudo, são budistas...

— Beleza, Bá, vamos ouvir...

Existem duas coisas que tenho a ilusão de terem o poder de me acalmar: filmes musicais e documentários de animais ou paisagens naturais. Sentei no corredor, onde elas não conseguiriam me ver, e fiquei ali ouvindo o documentário sobre pessoas que escalam o Everest.

"Tiramos fotos e apreciamos a vista muito rapidamente, descansamos, bebemos um pouco de água e descemos o mais rápido possível, porque no alto das montanhas o tempo é imprevisível. Não sabemos quando as nuvens virão, não sabemos quando o vento vai soprar, nós fazemos tudo muito rápido..."

Dormi nem sei por quanto tempo e acordei com as duas primas falando alto e gargalhando. Bárbara dizia rindo:

— Para, para, eu vou morrer!

Me situei, me levantei devagar e fui pro meu quarto.

Comecei pelo mais difícil. Neste primeiro dia, sempre fico mais contemplando espaços e coisas que propriamente colocando as mãos em tudo. Depois de bem observado, parece que as coisas vão acontecendo fluidamente, se movimentam sozinhas pelo espaço.

Hora do almoço. Neste primeiro dia de trabalho, já me tratavam como uma amiga de longa data da família. Hoje tivemos mais uma pessoa sentada à mesa, a prima Zizi.

Zizi tinha um trabalho livre que permitia e exigia momentos de lazer com bate-papos filosóficos, risos, piadas elitizadas e baladas, nas quais novos colegas feitos na pista de dança já seriam identificados por nome, sobrenome, profissão e espaço que ocupam no mundo daqueles que podem; que podem lhe proporcionar mais amigos em redes sociais, futuros trabalhos e novos assuntos em promissores meios que a vida ainda lhe prometia usufruir. Vinha de uma família numerosa e tradicional, o que lhe exercitou a prática excitante de análise da árvore genealógica seguida do ofício de cada transeunte com os quais cruzava ou com quem apenas trocava formais saudações Tais quesitos eram quase confundidos com caráter.

Era também uma jovem aficionada por siglas. Herdara de seu pai o gozo sentido a cada sequência de letras maiúsculas pronunciadas.

Beber, dançar, transar e acordar num quarto desconhecido era extensão de seu ofício. Livre. Pouco importava seu meio de "ganhar o pão", se precisou de faculdade ou não, se era da área da saúde, da limpeza ou se trabalhava para um jornal, mas não cursou jornalismo. Zizi era livre e apesar de todas as contradições tão perversas ao mundo, era uma pessoa divertida e deliciosa de se estar junto. Fui bombardeada de perguntas e gentilezas, fiquei atenta a todas as histórias familiares que foram impulsionados a relembrarem pela presença da prima de Fortaleza — não que a presença física de alguém fosse necessária para se repetir histórias na família, como já havia dito. Ana apareceu na sala algumas vezes além das necessárias, entre histórias repetidas, seu nome era gritado. Em certo momento, encontrou uma brecha para perguntar da mala que estava encostada ali na porta "vai e vem" entre a cozinha e a sala de jantar. Uma mala marrom, surrada, com uma rodinha quebrada e cheia de fios puxados — parecia ter convivido com um gato.

— Oxi, tio, estava me esquecendo. Trouxe vó Nena. Tá aí na mala. Tem que levar pra ficar junto de vô Luca.

Ana riu e perguntou para Bárbara onde deixaria a mala até que eles levassem na semana que vem os ossos exumados no Rio de Janeiro para junto do vô Luca, no mausoléu da família em Bueno Brandão. Depois a Ana me contou que após da morte do vô Luca, a vó Nena voltou pro Rio de Janeiro, de onde é a família. E quando Nena morreu, seria necessário fazer autópsia e esperar dois dias até que o corpo viesse direto para Bueno Brandão para ser enterrado. Eles fizeram o serviço lá pelo Rio mesmo e, agora com os ossos exumados, a trouxeram para o que seria seu destino fixo da eternidade. Bárbara pediu que colocasse no closet da falecida mãe.

— Pai, pode deixar que semana que vem levo ela pro nosso jazigo — afirmou Bárbara.

As semanas correram num trabalho muito prazeroso, com a companhia mais perspicaz e divertida que eu poderia ter, a Ana. Ela não trabalhava na organização como eu gostaria, porque só eu sei trabalhar da maneira correta. Não gosto de ajudantes. Mas a Ana tinha toda a leveza que me faltava, que me falta, uma capacidade de proferir possibilidades em improvisos absurdos, inviáveis e geniais. Tudo que não tenho, eu preciso observar, observar, observar, até dar o primeiro passo. Ana era muito lacônica em suas análises sobre o que a cercava, uma objetividade ferina aos meus olhos, mas, ao pensamento dela, era apenas a vida sendo vida vivida com muito pouco julgamento, apenas a atestando em seus relatos: é assim. Ela me fazia rir. E eu a fazia rir com minhas análises excessivas sobre tudo. Ao longo do mês, a casa esteve mais vazia do que habitada. Mas Bárbara apareceu alguns dias com a família ou com amigas. Edson, o irmão, também apareceu por lá com os filhos. Me aproximei ainda mais de seu Zico, almoçávamos e jantávamos todos os dias juntos. Ele me levou para conhecer as plantações, me dando aulas sobre todas as formas de cultivo da fazenda.

Minha última noite na casa. Jantávamos eu, Bárbara e seu Zico. Eu já tinha me tornado personagem de histórias que seriam contadas na casa repetidas vezes. Relembravam com graça de alguns embates meus com seu Zico com importância, dose de exageros e fantasias exacerbadas. Era importante para a família forçar a intimidade. Talvez esteja sendo cruel: reforçar a intimidade. Porque sim, existe um apego aos clientes e suas histórias. Existe um vazio quando termina um trabalho. Vazio semelhante ao último dia de uma viagem para um acampamento com a escola. Um dia antes da partida, minhas coisas já estavam arrumadas. Se era para terminar, que terminasse logo. Não tenho receio de finalizar nada que me foi bom, mesmo assim, não controlo a melancolia que carregam os fins. É firmado um acordo de cavalheiros silente entre contratante e contratado: eu sempre vou tratar com generosidade, praticando o silêncio da vista grossa, todo o limbo interno que o contratante acumula em matéria enquanto ele segue em sua permanência absoluta da negação de Casa Grande.

Antes de dormir, a Ana passou no meu quarto e conversamos até bem tarde. No dia seguinte, tomaríamos um bom café da manhã antes da minha partida com a Bárbara.

Estava sem sono e liguei a TV. E, surpreendentemente, como despedida, estava passando o documentário da Bárbara, aquele das escaladas do Everest.

"De Kathmandu, pegamos um avião até Lukla. Lukla é um lugar em Solukhumbu . Também fica na região do Everest a uma altitude de dois mil e oitocentos metros. O voo leva de trinta a quarenta e cinco de Kathmandu até Luckla. Na maior parte do tempo, temos que fazer uma caminhada íngreme. Todos os dias, ganhamos em média uma elevação de quatrocentos a oitocentos metros. Leva uma semana para alcançarmos o campo base do Everest. Mas depende, porque algumas pessoas precisam se adaptar à altitude por um ou dois dias no mesmo lugar.

"No alto da montanha, nós derretemos a neve para bebê-la. Neve e gelo são as principais fontes de água lá em cima. Normalmente trazemos barras de chocolate, atum, alguns tipos de carne, e é tudo bem empacotado."

Adormeci com a TV ligada. Não diferente de todas as noites, acordei algumas vezes. Desliguei a TV no primeiro despertar. Em uma das vezes, ouvi o Ben rosnando. O som vinha de fora. Tentei ignorar, mas o barulho aumentava.

Ele parecia estar lutando com alguma coisa. Levantei e olhei pela janela, mas não consegui enxergá-lo. Tentei ignorar mais um pouco, mas ouvi uns passos no corredor e uns sons de pedras caindo no chão. E, então, a voz de Vanete lá fora:

— Ben, mínino, oxi, que cê tá fazendo?

Saí do quarto, estava tudo escuro. Chutei alguma coisa. Chutei outra. Fiquei com medo de abaixar e tocar naquilo que estava no caminho. Pisei. Era duro. Fiquei com nojo e medo. Fui até a porta que estava entreaberta. Abri inteira e olhei para dentro da casa. A luz de fora iluminou o chão. Eram ossos. Corri para fora com a coragem do medo. Vanete brigava com o cão, tentando tirar um osso da boca do bicho. Ele já tinha cavado uma pequena cova. Ana e Cleiton apareceram.

— Vanete, ele vai te morder, deixa — gritou Cleiton

— Mãe, ele não tá brincando, não?

— O que é isso que ele tá na boca? — Cleiton perguntou a Ana.

Vanete continuava gritando com cachorro e agora com Ana que ria:

— Pare menina, traga um balde de água. Corra.

A voz de seu Zico se juntou a todas as outras. Vinha de dentro da casa. Com falta de disposição de andar até a entrada da casa, andando pelo corredor, viu a porta do então meu quarto aberta, entrou e se colocou na janela:

— Que esculhambação é essa aí fora?

Vanete se resignou cansada, andou em círculos. Parou diante de um osso, se curvou. Jogaram água no cachorro, pedra, edredom para imobilizá-lo e nada. Ele escapava, rosnava, uivava e voltava para o seu buraco, para seus ossos. Seu Zico, entendendo a situação antes de alguém a escancarar, começou a gritar aos prantos:

— Tire minha mãe daí! Tira ela daí!

Nem eu, nem Ana, Vanete ou Cleiton conseguimos parar o Ben. Resignados, ficamos sentados, exaustos, apenas assistindo ao cão entrar na casa, ir pegando todos os ossos e colocando na cova que fez com as próprias patas. Depois de meia hora, o choro de seu Zico cessou.

Vanete, depois de um profundo suspiro, se levantou. Ben parecia ter trazido a última peça, o crânio. O cachorro parou e ficou observando o que havia juntado ali, ofegante. Vanete se colocou ao lado dele. Agachou-se, tocou o crânio e pegou algo dentro dele.

— Tem uns cabelinhos aqui. A gente vai acabar tudo igual a ela.

III.

And everynight she falls when she does
Oh sweet nuthin'
You know she ain't got nothing at all

LOU REED

Principais achados na iminente morte de um morto

É um texto sem imagens. Imaginem. Mas é um texto com cheiro.

Enfie o seu nariz no seu umbigo, escorregue até a entrada do canal do reto. Não desça. Estanque aí. Na estrada. Relaxe neste intermediário do nascer e desistir. Um cheiro da noite, de gás. Ela exala de repente a morte na sala. O cheiro caminha pela casa. Vem de fora. Sintam. É possível. A morte está aí ao seu lado.

Toda noite ele chega. Toda noite, ela corre para o quarto assustada, apegada. Quer prendê-lo debaixo do cobertor para que não se dissipe. E, sim, dissipe sua respiração e a miséria afetuosa de alguns insetos. Mas ele sempre vai embora rápido. E ela fica.

É um texto sem imagens. Imaginem. Mas é um texto com sons.

Atravesse seus ouvidos por suas orelhas, entre com eles pela sua boca, escorregue pela língua e pode estancar na garganta. Relaxe neste intermediário do pensar e do sentir. É o assobio de um homem. É o canto de um pássaro. Não. É o canto de um pássaro. Porque não tem variações. É a mesma melodia de três acordes. Sempre. Um assobio de um pássaro vindo de fora. Não. É de um homem. Desafina. Às vezes varia. Mas varia pouco. É de um pássaro.

Mas por que intensifica nos finais de semana?

Deve ser de um homem em seu dia de folga. Satisfeito. Não. É limitado o som. É de um pássaro feliz com a presença de seu homem.

O homem não é tão limitado em seus sons. Tente mais.

Atravessem seus ouvidos por suas orelhas, entrem com eles pela sua boca, escorregue pela língua e podem estancar na garganta, relaxe neste intermediário do pensar e do sentir.

O homem não pode ser tão limitado em seus sons. Não. Pode. É você quem escuta. O que você escuta?

O que escuta está correto? É concreto?

O que ela escuta só ela escuta.

TATIANA RIBEIRO

nasceu em São Paulo capital em 1979. Cofundadora da Cia La Dedeñosa, coletivo feminino de pesquisa cênica. É atriz, diretora, personal organizer e dramaturga. Autora de *Salvo em rascunhos, Naturaleza muerta e Betta Splendens*, vencedor em 2020 do 6º edital da Mostra de Dramaturgia em Pequenos Formatos Cênicos do Centro Cultural São Paulo.

CRÉDITO DA FOTO: ANDRÉ MEDEIROS

este livro foi editado

no inverno

de 2022